고양이
생활

애승 그림산문집

서로의 옆자리가
되어주는

고양이
생활

삶이 바뀌는 아름다운 지점

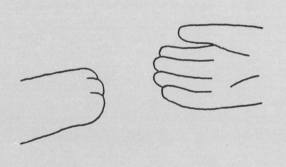

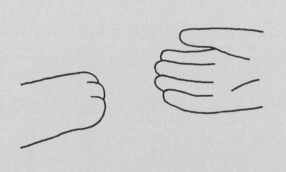

안녕! 뮤뮤

그리도 좋아하던 고양이를 현실에서 기르게 되었을 때,
공교롭게도 고양이에 대해서뿐만 아니라 나 자신에 대해서도
모르는 게 아주 많다는 것을 체감하였습니다.
그저 예뻐하는 것이 사랑을 주는 방법이라고 생각했는데,
나 자신과도 내외하는 내가 나의 공간에 들어온 한 마리의
고양이와 살아가기 위해서는 많은 타협점을 찾아야 했습니다.
한 번도 가져보지 못한 종류의 배려심과 너그러움 같은 것이
필요했기 때문입니다. 특히나 사랑을 주는 것에 서툴러서
더욱 그랬는지도 모릅니다.

저는 제가 특별하다거나 재미있는 사람이라고 생각하지
않습니다. 책상에 앉아 세상에 맞춰 마치 보호색이라도
띠는 것마냥 살아가고 있고, 내 안에 불 밝힌 고집들이
유연해지기를 바라며 부단히도 헛된 노력을 하는
그런 사람에 가깝습니다.

고양이 한 마리로 인해 나는 나와 조금씩 친해지고 있습니다.
고양이를 만나 사랑이라는 마음에 대해 면면히 알아가고도
있지요. 뮤뮤가 가진 털의 포근함과 따스한 체온은
'사랑의 형태'라는 것을 손으로 어루만지는 듯했습니다.
사랑이 형태가 되어 내 앞에 나타났다면
그건 바로 뮤뮤일 거라고, 그렇게 말하기 시작했습니다.

어둠이 찾아든 새벽, 오늘도 그림을 그리는 고독한 여정 곁에
머물러주는 나의 고양이 뮤뮤에게 감사하며
나와 우리의 이야기를 글과 그림으로 엮어내고자 합니다.

애슝 드림

하나. 이런 생활

보온병처럼 아늑한 우리집

둘. 저런 생활

하나씩 함께를 배워갑니다

하나. 이런 생활

보온병처럼 아늑한 우리집

나라는 섬으로 건너온 고양이

어느 날 운명의 파도에 휩쓸린 아기 고양이와 만났다. 새하얀 털로 뒤덮인 아기 고양이는 당당하게 상자에서 내려 섬에 발자국을 찍었다. 너는 나보다 용기 있구나.

넋

아주아주 커다란

"고양이 기르시죠? 사진 봤어요. 너무 귀엽던데!"
사람들이 물으면 나는 덤덤한 표정으로 팔을 둥글게 말아
이렇게 답하곤 합니다.
"네, 이~~~~~~만 합니다."
조금 과장해서 이 테이블만 해요, 우리집 고양이.

푸짐한 고양이

작고 소중

많이 먹어~

아기였을 때부터 먹여봐서
밥을 먹고 싶어 하는 만큼 주었다.

또...?

총

총

총

새벽 3시에도, 5시에도

삐약—

귀여워

냠

냠

현재 푸짐한 고양이가 되었다.

너무 먹였나...

냐앙~

아까도
먹었잖아.

콱.

안 주면 줄 때까지
쫓아다닌다.

꾹꾹

냠

먹을 때 가장 행복해 보이니
그걸로 됐다.

그렇다고 모든걸 좋아하는 건
아니고 호불호가 분명하다.

치석없애주는
완전맛난 간식!

싫어.

고양이는 천천히 느리게 온다

나는 3월에서 5월 사이를 그리 좋아하지 않았다. 눈이 녹고 벚꽃이 피는 시기를, 신학기의 풋내를. 카디건을 좋아하지만 카디건을 자주 입는 날들을 바라보고 있으면 왠지 모르게 울적하고 슬퍼졌다. 유독 봄에 혹독한 일이나 이별을 경험했기 때문일까.

몇 해 전, 나의 칙칙했던 봄 위에 새로운 기억을 덮어주는 일이 생겼다. 그 후로 3월이 되면 순서를 기다리던 사람처럼 침대에서 벌떡 일어나 내가 가장 사랑하는 존재의 탄생일을 기념할 준비를 하기 위해 설레는 마음으로 발뒤꿈치를 들고 총총거리며 다니게 되었다.

3월 끝자락의 어느 새벽, 작은 고양이 두 마리가 태어났다. 엄마 고양이는 집 안에서 가장 안전한 곳에 자리를 잡고 아무도 모르게 조용히 온 힘을 다해 새끼를 낳았다. 어두운 밤 별 아래, 지친 몸을 일으켜 새끼들을 감싼 피막을 열심히 핥고 또 핥았을 것이다. 달님의 은총으로 한 마리는 새하얗게 빛이 났고, 다른 한 마리는 별님이 만들어준 주황색 얼룩무늬를 갖게 되었다. 내가 새하얀 고양이를 만나기까지 우연의 우연들은 아주 많은 징검다리를 건너야 했고 우리는 우주에서 천천히 느리게 서로에게 가까워지고 있었다.

내게는 친언니가 한 명 있다. 언니는 대학에서 영양학을 공부했지만, 은행원이 되었다가 백화점에서 MD 일을 하더니 현재는 컨설팅 회사에 다니는 조금 특이한 이력을 가지고 있다. 언니가 은행원이었던 시절에 알게 된 친구의 고양이들이 새끼를 낳았으니 입양하는 건 어떠냐고 해서 언니와 함께 그 집을 방문했다. 사실 이전에도 그 집에 고양이들을 보러 간 적이 있었다. 고양이와 시간을 보낼 수 있다는 사실만으로도 기뻐서 언니를 앞세워 그 집에 가서는 고양이만 실컷 보며 사리사욕을 채우곤 했던 거다. 고양이를 좋아하지만 함께 살 수 있을지 나 자신에게 확신이 부족했을 때였다.

처음 만났을 때 나는 뮤뮤가 사나운 고양이인 줄 알았다. 주먹만 한 민들레 홀씨 같은 아기 고양이가 굴러다니며 삐악삐악 세모난 입으로 울어대며 하악질을 했다. 언니의 친구는 아기 고양이가 조금 경계심이 있는 것 같다며 민망한 듯 웃었다. 얼굴이 똑같이 생긴 쌍둥이 자매 고양이는 사이좋게 서로를 끌어안고 부들부들 떨며 잠을 잤다. 솜털을 세우고 몸을 둥글게 말고 있는 그 조그만 숨결에서 나는 희망을 보았다.

둘 중 흰 털의 새끼 고양이가 우리집에 오게 되었다. 자매가 늘 붙어 지냈기 때문에 둘 사이를 떨어뜨리는 게 여간 미안한 게 아니었다. 마치 어릴 때부터 붙어 지냈던 나와 우리 언니처럼 보여서 그렇기도 했다. 언니의 친구는 뜸을 들이면 더 데려가기 어렵다며 나의 등을 밀었다.

고양이 식구들을 떠나 뮤뮤라는 이름으로 나에게 온 것이 5월 초 무렵. 내게 고양이가 생긴 것이 잘된 일이라고 일부러 생각하지 않아도 될 만큼 하룻밤 사이에 내 인생은 귀여움으로 가득 찼다.

이제 3월이 되면 내 머릿속은 '뮤뮤가 태어난 3월이 시작되었다'라는 문장으로 가득하다. 한 살 더 나이를 먹은 것을 축하하느라 이것저것을 사들이고 뮤뮤 건강검진도 하느라 바빠진다. 그리고 보송한 아기 고양이 시절 사진을 꺼내어 넋을 놓고 보는 것이 일종의 축제 겸 일과가 된 것이다.

이제 나는 "우리가 같이 살기 시작한 5월이네" 하고 기쁘게 말한다. 봄에 대한 트라우마와 슬픈 감정은 더이상 내 마음을 좀먹지 못하고 자취를 감췄다. 뿐만 아니라 건강한 기억을 만드는 일에 여념이 없다. 하루가 다르게 귀엽고 하루가 다르게 커가는 내 고양이의 탄생을 기념하며 고양이만을 위한 화가가 되기도 하고 시인이 되기도 한다.

뮤뮤는 얼굴을 만져주는 것을 가장 좋아해서 뺨과 이마까지 도자기를 빚듯 연신 반복해서 쓰다듬어준다. 고양이를 기르며 느끼는 여러 가지 기쁨 중 하나는 부드럽고 윤기 있는 털을 쓰다듬을 때의 촉감, 그리고 그 행위를 무한 반복하다 보면 세상의 모든 걱정거리나 먼지 같은 생각들이 사라지게 된다는 점이다. 털북숭이 동물을 기르는 사람에게 주어진 특권이다.

고양이는 사람이 쓰다듬어줄 때 어린 시절을 회상한다는데, 뮤뮤는 자매와 붙어 지내던 시절의 체온을 떠올릴지 궁금하다. 뮤뮤의 작디작은 어린 시절을 떠올리면 마음 한쪽이 눈부실 만큼 반짝이고 왠지 모르게 애틋하다. 그 작은 생명이 탄생해서 장성하기까지 기울인 노력과 사랑이 밥을 먹고 잠을 자는 평온한 모든 것에서 느껴진다. 살아가는 것 그 자체만으로도 생명은 위대하다는 사실을 나는 내 고양이를 통해 알았다. 뮤뮤는 강하게, 씩씩하게 자랐다. 너를 사랑하는 것만큼 내가 나도 사랑할 수 있을까? 이제껏 나를 대충 흘깃 보아왔는데 말이다. 고양이는 가끔 내 마음을 빤히 본다. 초라한 내 마음에 누워 몸을 비빈다.

가끔 뮤뮤의 세 가족을 만나러 그 집에 가기도 한다. 자매 고양이도 아주 건강하게 잘 자라주었다. 재미있는 대목은 뮤뮤가 아빠 고양이보다 몸집이 크다는 것이다. 뮤뮤가 커다랗다는 사실은 나에게 자부심이다. 누군가 우리집에 와서 뮤뮤를 보고 예쁘게 잘 길렀다고 해주는 말이 가장 기쁘다. 뮤뮤와 나는 서로서로 길러냈다. 그렇게 서로에게 꼭 맞는 퍼즐이 되어주기까지 단숨에 닿았던 건 아니다. 고양이는 아주 천천히 느리게 내게로 왔다.

뮤뮤가 창조되기까지

신이 구름 한 조각과 우유 조금 그리고 사랑 한 움큼을 신
의 단지에 넣고 조물조물해서 뮤뮤를 만들었다.

구름

우유

사랑

신

조물

조물

펑

31

르코르뷔지에는 4평 오두막 카바농에서
열다섯 번의 여름을 보냈다

물건을 쌓아두고 사는 삶이 안전한 것이라 생각하고 익숙해졌지만 최후엔 점점 버리는 삶으로 우회하고 싶다는 환상을 갖고 있다. 세상은 넓은 집을 원하고 무엇이든 축적하는 삶을 살라고 재촉하지만 나에게 보온병처럼 아늑한 집은 어느 정도 크기일지 가늠하며 팔을 뻗어본다. 진정한 사색과 여유는 최소한의 공간만 있으면 충분할지도 모른다.

가구와 공존하는 실내 생활
항상 같지 않게 지내고 싶다.

기억하고 싶은 일이 있을 때
가구가 하나씩 늘어난다.

파라솔 아래에 있으면
어울릴 의자. 의외의 아늑함.

첫인상으로 붙인
이 의자의 이름은 '공부 의자'다.
앉아서 열중하고
몰두하고 싶어지는 의자.

처음으로 맞춤 제작한 작업 책상.
오직 나를 위해 만들어졌다.

빈티지 램프.
새것과 빈티지를
함께 두고 싶다.

작업등

일기장 같은 그릇들과 식사.

할머니가 되어서도 쓰고 싶은 아이들.

잠옷과
생활복의 경계를
정하자.

낮 시간 작업 땐
생활복으로.

(적당한 긴장감도
필요하다.)

숙면에 도움이 되어 줄
파자마

상하의가 세트인
파자마를 입으면
기분이 좋다.

잠옷

세 번째 서랍

그동안 뮤뮤에게 여러 숨숨집과 쿠션을 사줘봤지만 가장 마음에 들어하는 건 나의 세 번째 서랍일지도 모르겠다. 처음엔 우연인 줄 알았는데 두 손을 써서 서랍을 열고 그 안에 들어가 편안하게 자리를 잡는 동작이 이제는 너무나 능숙해졌다. 방에 들어갔는데 세 번째 서랍이 열려 있으면 뮤뮤가 다녀갔구나 생각하며 서랍을 닫는다. 굳이 닫아놓는 이유는, 뮤뮤가 다시 방에 놀러 왔을 때 새로운 기분으로 서랍을 열고 싶을지도 모르기 때문이다. 이미 열려 있는 서랍보다는 닫혀 있는 서랍을 열고 그곳에 들어가는 게 더 매력적이고 기쁨 역시 클지도 모른다고 짐작해본다.

고롱 고롱

내가 산 서랍의 한 칸은 뮤뮤의 칸이 되고, 새 소파가 생기면 뮤뮤가 더 자주 올라가서 누워 있다. 우리는 물건을 공유하고 나눠 쓴다. 야심 차게 구입한 소파를 내가 예상만큼 잘 사용하지 않아도 뮤뮤가 매일 오후 4시에서 6시 사이에 거기서 잠을 잤기 때문에 그것으로 소파의 할부금이 아깝지 않기도 했다. 이젠 새로운 매트리스를 고를 때에도 고양이가 함께 쓸 거라고 생각하면 더욱 신중하고 즐거운 마음이 든다. '뮤뮤랑 같이 쓸 거니까' 하며 더 좋은 옵션을 선택하기도 한다. 어느샌가 사람 의자를 구입할 때도 '이건 뮤뮤가 좋아할까?' 생각하고 있다. 그렇게 고심해서 고른 의자에 뮤뮤가 올라가주지 않으면 이 의자의 무엇이 고양이에게 매력이 없는 것인지 생각하며 서운한 기분마저 드는 것 또한 어쩔 수가 없다.

사각사각 샐러드를 섞어서 사랑이 붐비도록 한다.
우리는 각자의 몫만큼 오붓한 희망을 나눈다.

지도를 그려보자

살아가는 방법을 안다면 삶은 얼마든지 아름다워질 수
있다.

불안이 감춰지는 때

새로운 집으로 이사하기 위해 대출을 받기로 했다. 월세가 아닌 전세로, 내가 원하는 조건의 집에서 살기 위해 어쩔 수 없는 선택이었다.

대출을 받을 때 어떤 은행원을 만나느냐도 중요한 것 같았다. 처음 방문한 은행에서 만난 은행원은 너무나 무성의했다. 팸플릿을 주며 홈페이지에서 확인해보라고, 하지만 원하는 만큼 대출을 받기는 어려울 거라고 했다. 그 은행을 나올 때만 해도 절망적이었는데, 혹시나 하는 마음에 다른 은행에 가보길 잘했다. 마지막으로 가본 은행에서는 내가 프리랜서라서 소득을 증명하기 어렵겠지만 전세자금 대출에도 여러 가지가 있으니 가능해 보이는 쪽으로 서류를 넣자며 조금은 희망을 주었다.

이사 날짜까지 여유가 없었기 때문에 대출을 못 받을지도 모른다는 전제하에 집을 보러 다녔다. 고양이가 있는 것도 문제가 되었다. 고양이가 있는 세입자를 반기는 집주인과 부동산은 없다. 그래도 처음부터 사실대로 말하는 쪽이 마음이 편했다.

2주 동안 매일 다른 부동산에 가보며 하루 평균 두 개의 집을 보러 다녔다. 군이 집 안에 들어가보는 것도 꺼려질 정도로 더럽거나 1층인데 방범창이 없거나 현관문이 길 밖으로 그대로 노출된 집을 보고 돌아온 날이면 기분이 좋지 않았다. 여자 혼자 살 집인 걸 알면서도 그런 집을 보여준 부동산에는 두 번 다시 방문하지 않았다.

그러다 열두 번째에 어떤 집을 보게 되었다. 리모델링 공사가 진행 중인 아직 미완성의 집이었다. 하지만 그 집에 대한 첫인상은 '좋은 일이 생길지도 몰라'였다. 아담한 거실과 채광이 잘 되는 큰 창이 있는 베란다. 그 양옆으로 큰방과 작은방이 있었다. 작업방과 침실의 경계가 거실을 기점으로 확연하게 분리되는 느낌이 들었다. 한번 침대에서 나오면 다시 눕기엔 거리가 좀 있어 보이는 것이 마음에 들었다.

공사를 하며 부엌 안쪽으로 붙어 있던 작은방을 이미 터
둔 상태라서 다용도실로 쓰면 되겠다든가 커튼 같은 거로
공간을 유동성 있게 분리해주면 어떨까 등등 아직 결정된
것도 아닌데 그곳에 사는 모습이 그려졌다.
거실에는 둥근 원형 테이블이 어울릴 듯했고 베란다는 지
금보다 더 많은 식물을 기르기 좋은 환경이었다. 물을 뿌
린 식물들이 빛나는 모습이 눈앞에 있는 것처럼 보였다.
인생의 터닝포인트를 예기치 못하게 마주한 순간이었다.

집 위치도 좋아서 어떻게든 이 집을 잡아야 한다는 생각밖에 들지 않았다. 다만 예산보다 비쌌다. 그전에 본 열한 개의 집들과 비교하면 천국인 수준이었기 때문에 나는 초조해졌고 계약금을 걸고 나자 불안감이 더 심해졌다. 담당 은행원에게 몇 번이고 전화해서 대출 승인 여부를 확인했다. 보통 일주일이면 된다던데 나는 2주일이나 걸려서 답을 받았다. 기다리는 동안 불면증에 시달려 몸무게가 3킬로나 빠졌다.

결론은, 대출을 받을 수 있게 되었다. 떨리는 마음으로 전세 계약을 하고, 계약서를 들고 은행에 갔다. 은행 앞에서 생각이 나 급히 마트로 가서 평소라면 사지 않았을 투명한 하트 모양 케이스에 담긴 초콜릿을 샀다. 내가 한 일은 주거래 은행을 그 은행으로 바꾸고 신용카드를 하나 만들었다는 것 정도였다. 하지만 은행원은 1시간 동안 대출 서류를 작성했고 나 대신 무언가 해주는 일이 많아 보였다. 조금이나마 이자를 줄이는 방법도 추천해주었는데, 아리송한 부분을 몇 번이고 질문해도 친절한 대답이 돌아왔다. 이사하는 과정에서 유일하게 위안을 받은 타인의 태도였다. 알고 보면 은행원에게 나는 아주 미미한 실적에 불과할지도 모를 일이다. 그 사람에겐 그저 스쳐지나가는, 해도 그만 안 해도 그만인 일들이 내게는 2년 동안의 삶의 질을 결정하는 중요한 일이었다.

언제 초콜릿을 꺼내야 할지 고민하다가 이야기가 거의 마무리될 무렵 "도와주셔서 감사합니다" 하고 건넸다. 그분은 잠깐이지만 선명하게 미소를 지었다. 그리고 다른 사람들이 보지 못하게 책상 아래로 초콜릿을 감췄다. 그동안의 내 불안과 우울함도 함께 책상 아래로 감춰지는 순간이었다.

좋은 계절은 때론 신기하게도

마음의 무게를 가볍게 해주기도 한다.

어떤 고민도 "뭐 이렇게 날씨가 좋은데,

이대로 흘러가게 두자" 하고 말이다.

우리집 고양이는
하루 중 대부분의 시간을
누워서 지낸다.

오뎅꼬치

이거 봐라~

허우적

꿈꿨던 고양이와의
즐거운 놀이 시간과의
묘한 괴리감

눔눔 만족

좋지 않은 일이 있을 때

뮤뮤를 만지거나 냄새를 맡으면 두 배로 안심이 된다.

コ゜
コ゜

물끄
러미

샤워 냥티켓

욕실에서 샤워를 하고 나갈 때, 안에서 '똑, 똑' 하고 노크하는 게 우리의 약속이다. 항상 뮤뮤가 문 앞에 앉아서 나를 기다리기 때문에 문을 열기 전 이제 나간다고 노크 소리로 알려주는 것이다. 예고 없이 열고 나갔을 때 뮤뮤의 몸이 문에 치이고 밀려서 생긴 약속이다.

종종 뮤뮤가 기다려주지 않을 때도 있는데 문 앞의 빈자리를 보면 매우 섭섭하다.

삼거리 과일가게

어딘가 가야겠다고 마음먹었을 때 최근 좋아진 동네가 떠올랐다. 지하철로 20분쯤 걸려 기다렸던 역에 내리니, 낯설지만 그 동네만이 가진 냄새와 온도가 느껴졌다.

언덕을 올라가는 길에 TV에도 출연한 적이 있다는 문구를 붙여놓은 옛날 도넛 집이 나타났다. 유리창 안으로 갓구운 꽈배기와 팥이 든 동그란 찹쌀 도넛이 은색 쟁반 위에 질서정연하게 놓인 채 열기를 식히고 있었다. 기름 냄새가 유리창 너머로도 진하게 풍겼다. 도넛은 돌아가는 길에 사기로 하고 우선 언덕을 마저 올라갔다.

언덕 위 삼거리 코너에는 작은 과일가게가 있다. 가게 안쪽이 살짝 보이는 발이 처져 있고 그 앞으로 빨간 바구니에 어여쁘게 담긴 제철 과일들이 주인을 기다리고 있다. 이 집은 계단식으로 상품을 진열한다. 맨 아래에 포도와 제주 귤, 연시, 그다음 층에 샤인 머스캣과 거봉, 제일 위층에 참외, 오렌지, 멜론 순으로 쌓여 있다. 과일을 정리한 모습이 너무나 깜찍해 몇 번을 눈에 담아도 모자란 기분이다. 가장 마음에 드는 것은 가게 앞에 펼쳐둔 커다란 파라솔이다. 파라솔 그늘 아래에 서면 "느긋하게 과일을 골라도 됩니다"라는 말을 듣는 듯해서 좋다. 세상에 존재하는 귀여운 세심함을 발견할 때면 마음속 세상이 확장된다. 종이접기가 되어 있어 몰랐던 마음을 펼쳤더니 어떤 이가 쓴 사랑의 메시지를 발견한 것과 같은 뜻밖의 행운이다.

그리고 드디어 철문 뒤로 초등학교가 보였다. 휴교가 이어지고 있어 아이들의 모습은 없고 텅 빈 운동장에 깔린 모래들만 고운 빛을 띠고 있었다. 학교의 담을 따라가다 보면 큰 나무가 보인다. 풍성하고 탐스럽게 부푼 초록의 잎들이 담을 넘고 전신주도 가뿐히 넘어 하늘로 가지를 뻗고 있다. 나는 그 앞에 서서 졸업식 사진을 찍을 수 있다면 좋겠다고 상상해본다.

과일 가게

학교 뒷문 쪽으로 돌아가면 건물의 뒤편 유리문에 튤립 스티커가 붙어 있다. 그 스티커는 모두 집으로 돌아간 후 학교에 늦게까지 남아 있던 사람만 볼 수 있었던, 학교의 풍경과 냄새를 상기시킨다. 그 스티커를 본 것으로 나의 아름다운 작은 여행은 막을 내린다. 지난번 이 장소에 서 있던 날로부터 지금까지 나는 그사이 많이도 닳고 헤져 있었나 보다.

휴, 드디어 아름다운 것들을 충분히 눈과 마음에 담았다. 이로써 나는 일주일 정도를 편안하게 보낼 수 있다. 이렇게 구멍 나고 빈 곳을 메꾸며 연장된 삶이 이어지는 것이다. 그래도 좋다. 오히려 그럴 수 있다는 것에 감사하는 마음을 가진다. 타인들이 만든 삶의 아름다운 조각을 빌려 쓰며 내 하루가 채워지고 또 내일로 가는 문 앞에 선다.

내가 문장이 된다면
두 팔이 있는 문장으로 새로 태어나 쓰이고 싶다.

5월의 고양이는 늦잠을 자고
더 많이 꿈꿀 수 있어 행복하다.

봉긋한 행복

창밖으로 서서히 아침이 보인다.

건널목부터 젖어들던 해에 우리집이 잠겼다.

빛나는 우유에 잠긴 듯 집이 환하다.

이것만으로도 하루의 시작이 충분히 풍요롭다.

세모난 종이를 펼친 후 커피콩을 갈아 담는다.

뜨거운 물을 그 위로 서서히 떨어뜨린다.

커피 거품이 넘칠 듯이 부풀었다가 사그라든다.

커피 향이 집 안을 채우는 동안

해는 다행히도 천천히 머물러준다.

너무 서둘러 가는 아침은 서운하다.

커피를 마시는 동안만큼은 붙잡아두고 싶다.

봉긋한 행복이 부풀었다가 서서히 식어갈 때까지.

그럴 땐 춤을 춰요

그림으로 참여한 책의 갈무리 식사 자리를 출판사에서 만들어주셨다. 오랫동안 삽화를 그려왔지만, 담당 편집자와 디자이너, 글을 쓴 분까지 한자리에 모이는 건 흔한 일이 아니었기에 며칠 전부터 내심 기대되면서도 긴장해서 잠을 설쳤다.

버스에서 내리니 출판단지의 네모난 건물들이 땅에 심을 박고 서 있었다. 그 안에서 모두가 책을 쌓아놓고 각자의 책을 만들고 있다는 사실은 언제 생각해도 동화 같다. 산타클로스 마을에서 다 함께 선물을 포장하듯 모두가 한 마을로 이사를 와서 각자의 집에서 책을 만드는 출판단지의 존재는 그 자체로도 신비로운 이야기다.

출판사 건물 앞에서 기웃거리자 마중 나온 편집자분이 팀원들께 인사를 시켜주었다. 한 분 한 분 어찌나 예의가 바르신지 몸 둘 바를 몰랐다. 나를 부르는 호칭이 선생님이어서 내가 대단한 사람이라도 된 것 같아 송구스러웠다. 그런 생각을 하며 나는 명랑하지도, 우울하지도 않은 그 중간쯤의 미소를 지었던 것 같다.

일행이 여덟 명쯤 되어 차를 두 대로 나눠서 식당으로 이동했다. 처음 뵙는 분들과 갑자기 차를 타고서 몇 분쯤 흘렀을 때 요상한 기시감이 들었다. 마치 시간 여행을 떠나 디자인 회사에 다녔던 20대 초반으로 돌아간 듯해서였다. 그 회사의 인원도 딱 이 정도였다. 오랫동안 잊고 지냈던, 오랜만에 느껴보는 단체 생활의 맛보기 타임이었다.

도착한 곳은 경기도 외곽에 있는 이탈리안 레스토랑 특유의 분위기를 빠짐없이 갖춘 곳이었다. 넓은 주차장과 높은 지붕의 실내, 아방가르드한 화이트 장식 인테리어 같은 것들이 그러했다.

긴 테이블에 앉아 선물 교환식을 했다. 나는 그해에 만든 달력을 모두에게 하나씩 드렸고 뜻밖에도 글을 쓰신 박성우 시인님이 나에게 선물을 건네주셨다. 꽃이 그려진 포장지를 벗겨내니 비타민 젤리였다. 약통을 두른 종이에 "애슝 선생님, 우리 안에 들어와 반짝이는 그림. 두고두고 환하겠습니다!"라고 쓰여 있었다. 고개를 들어 웃음을 지어 보였지만 머릿속이 댕 하고 울리는 것처럼 울컥해 여러 말을 하지 못했다. 글과 그림이 분리된 일을 여러 번 해봤지만, 글을 쓴 분께 이렇게 글귀를 받아본 것은 처음이었다. "수고하셨습니다"라는 말 한마디조차 없는 경우도 허다했다.

나 혼자만이 아니라 우리가 함께 만든 것이었구나 우리였구나, 하고 안도했다. 이곳에 오기까지 한여름 내내 그림을 그리느라 펜을 쥔 중지가 잉크로 까맣게 물들었던 것도, 결국 일을 마치고 이 자리에 앉아 있는 것도 모두 잘했다고. 딱딱하게 굳었던 어깨가 한결 편안해져 내려갔다.

파스타와 피자를 먹으며 이런저런 이야기를 나누다가 누군가 시인님께 운동을 하시냐고 질문했다. 시인님은 조심스럽게, 운동보다는 잠깐씩 춤을 춘다고 하셨다. 그 자리에 취미로 춤을 추는 분이 한 분 더 계셨다. 사실 나도 손을 들까 말까 망설이다가 얘기할 타이밍을 놓치고 말았다. 자리에 계신 분들이 대다수 초면이었기 때문에 '저도 춤을 춥니다!'라고 대뜸 끼어들 용기를 차마 내지 못했던 것이다. 하지만 두 분의 춤 이야기를 들으며 나는 고개를 열심히 끄덕거렸다. 이 테이블에 춤을 즐겨 추는 사람이 세 명이나 있다니. 이렇게 전혀 예상할 수 없는 교집합이 존재할 수도 있구나 싶었다.

장엄요

나 역시 혼자 춤을 춘다. 작업을 하며 오랜 시간 의자에 앉아 있다 보면 몸이 굳는 게 느껴진다. 찰흙을 손으로 조물거리다 그대로 놔두면 서서히 말라 굳는 것처럼 몸도 그렇게 건조하게 굳어가는 느낌이 든다. 며칠이고 긴 작업을 하다가, 산책을 나가고는 싶지만 옷을 갖춰 입고 문을 열고 나갈 에너지조차 없을 때 짧게라도 춤을 추는 것은 경직된 몸을 푸는 아주 좋은 방법이다.

춤을 추다 보면 머릿속의 먼지도 털린다. 춤을 출 땐 대개 아무 생각도 하지 않고, 되도록 누군가에게 보여선 안되는 조금은 비밀스러운 자신의 모습에만 집중하게 된다. 머리와 몸을 동시에 흔들 수 있는 압축률 좋은 운동법인 것이다.

그 자리에 계셨던 춤을 춘다는 또 다른 분은 출판사에서 일하며 작가 활동을 하는 유병록 시인님이었다. 나는 그 때 시인님을 처음 알게 되었다. 그날 뵈었을 때 인상은 주변을 웃게 만들면서도 침착함을 유지하는 예의 바른 분이었다. 언젠가 함께 일하면 좋겠네요, 라는 인사를 주고받으며 짧은 대화를 나눈 게 전부였다.

첫 만남으로부터 길지 않은 시간이 흐른 뒤, 비 같은 눈이 내린 날로 기억한다. 우산을 쓰고 카페에 도착하니 카페 앞에 주인을 기다리는 강아지들처럼 옹기종기 우산들이 놓여 있었다. 나도 우산을 접어 세워두고 카페로 들어갔다. 두툼한 스웨터를 입은 채 커피를 마시며 유병록 시인님의 산문집을 읽었다.

산문집은 짊어지기조차 어려운 슬픔과 고통을 마주하게 된 것으로 시작했다. 그 슬픔 때문인지 부부는 대화를 하다가 자주 다투었는데, 오히려 대화를 하지 않으면 어떻겠냐는 조언을 듣고 대화 대신 함께 댄스 학원에 다니며 춤을 배우게 되었다고. 과거와 오늘의 슬픔을 이야기하는 대신 오늘 배운 아이돌 춤에 대해 이야기하며 함께 웃었고 그 웃음에 스며들듯 다툼이 줄어들었다는 구절이 있었다.

"평생 춤이라고는 배운 적도 없고 책만 보며 살아온 백면서생 같은 아내와 나에게 텔레비전에 나오는 멋진 아이돌 그룹의 춤을 배우는 것은 큰 용기가 필요한 일이었다. 커다란 도전이기도 했다. 그저 아내와 내가 그렇게 다투는 와중에도 함께하기 위해 안간힘을 낸 게 아닌가 하는 마음이 든다. 돌이켜보면, 그 시절의 우리가 참 안쓰럽고 대견하다."

유병록, 『안간힘』(창비)

이 대목을 읽으며 나는 내가 버티고 버텨내던 것들이 얼마나 대견한지 알았다. 매사에 성실하려고 부단히 애쓰는 나를 염려하면서도 진짜 내 마음을 자세히 들여다볼 엄두가 나지 않았다. 나는 생각하는 척 턱을 괴고 카페의 벽을 보며 소리 없이 울었다. 울려고 한 게 아닌데 눈물이 와르르 쏟아졌다. 그저 살기 위해 이토록 아우성쳐야 하는구나.

카페를 나와서 우산을 다시 펼쳐 들었는데 이상하게도 우산의 무게가 전혀 느껴지지 않을 만큼 가벼웠다. 그동안 내가 들었던 우산들이 이렇게 가벼웠나 싶을 정도로 홀가분했다. 그 이야기가 나를 확신하게 하는 단서가 되어주었으니 정말 감사하다. 내가 왜 춤을 추는지에 대해 생각해 본 적은 없었다. 컴컴한 마음에 불을 밝혀 모든 것이 또렷이 보이고 해석되는 기분이었다. 복잡한 마음을 잊고 오로지 몸을 흔드는 데에만 모든 신경을 집중하는 것이 나에겐 필요했다. 보기에 멋지지 않아도 괜찮다. 그저 땀을 흠뻑 쏟아내며 잠깐 미쳐 있는 것이다. 미쳐 있는 시간이 나에게 약처럼 필요했던 것이다.

최근에는 춤을 따라 추는 어플을 사용하고 있는데 춤 동작을 배울 수 있어서 좋다. 그렇지 않아도 창작한 동작들이 고갈되어 가던 중에 새로운 동작을 습득할 수 있어 아주 만족스러웠다. 혼자 춤을 추다 보면 요상한 몸짓이 되거나 춤이라고 하기보다 살풀이 같기도 한데, 확실히 만들어진 춤을 따라 하니 더 재미있었다. 짧게는 두 곡 정도를 추고, 마음먹으면 1시간 내내 춤을 췄다.

그저 따라서 추는 것뿐이라고 해도, 춤을 춘다는 건 꽤 힘이 필요하다. 생각보다 몸의 다양한 근육을 사용해야 하고 이왕이면 박자와 동작도 맞으면 좋다. 율동이지만 어떨 땐 그것만으로도 힘겨워 다리가 부르르 떨리기도 하니 말이다. 몸에서 땀을 빼내는 건 머릿속을 백지처럼 하얗게 만들어주는 것처럼 시원한 무언가가 있다.

잘하든 못하든 상관없다. 그저 춤을 춘 뒤 말랑해진 몸으로 다시 작업 의자로 돌아올 뿐이다. 나도 언젠가는 여러 사람 앞에서 춤이 주는 부드러운 효능에 대해 이야기하고 싶다.

어떤 일에 마음이 무너졌다면

천천히 다시 일으켜 세우면 된다고

괜찮아 괜찮아 되뇌었다.

묵묵

커피에 대한 동경

종로에 즐겨 가는 카페가 있다. 나는 그곳의 커피를 깊은 숲속 무림 고수가 내려주는 커피에 비유하곤 한다.

문을 열고 들어가면 먼저 풍부한 풍미 가득한 커피의 고소한 향기가 나를 맞이한다. 좁은 입구부터 긴 바가 늘어서 있는데, 바의 바깥쪽에는 손님이 앉는 의자들이 있고 안쪽은 커피를 내리는 공간이다. 바를 지나면 4인용 테이블이 네 개쯤 있는 아늑한 공간이 나온다.

나는 혼자 가든 둘이 가든 바에 앉고 싶어하는 편이다. 그
곳에 앉으면 내가 하나의 섬을 가진 듯한 특별하고 독립
적인 기분이 든다. 마주보는 안쪽 공간의 화구에서 커피
물이 끓으며 올라오는 증기는 훈훈함을 느끼게 해주는데,
그 증기를 바라보는 것 또한 즐거움이다. 그리고 커피를
내리는 바리스타의 섬세한 모습을 가까이에서 볼 수 있
어 커피에 대한 동경심을 가득 채울 수 있기도 하다. 깜짝
놀랄 만큼 클래식한 분위기는 주인의 고집과 취향의 집합
체일 테다. 어떤 한 사람이 살아오며 수집한 세월의 좋은
면만을, 크루아상같이 켜켜이 쌓은 시간을 철저하게 만날
수 있다는 점이 좋기도 하다.

요즘 카페에선 절대 찾아보기 힘든 딱딱하고 두껍고 광택
이 있는 나무 테이블과, 마찬가지로 프레임이 두꺼운 의
자라든지 대체로 어두운 감색의 가구들이 그러하다. 그래
서 그곳만은 어떤 유행에도 흔들리지 않았으면 하고 바라
게 된다. 도심에서 카페 문을 열고 들어가는 순간부터 나
는 마법에 걸린다. 내가 도시에서 품었던 갖가지 잡념과
푸념이 커피와 그 공간 자체만으로 치료된다. 메뉴판에는
직접 로스팅한 원두를 종류별로 즐길 수 있도록 소개해두
었고, 오늘의 커피나 특별히 추천하는 원두는 카운터 쪽
벽에 걸린 칠판에 쓰여 있는데 '엘살바돌', '브룬디'처럼
원두 이름을 한글로 쓴 것도 귀엽다.

나는 그곳의 아이스 비엔나커피를 특히 좋아한다. 얼음이 담긴 드립 커피 위에 올려진 크림을 스푼으로 떠먹으면 샤워하듯 피로감이 씻겨 없어지는 것 같다. 서점에서 한참 책을 보다 방전된 몸을 이끌고 찾아들어 당 충전을 하는 코스이기도 하다. 커피도 물론 맛있지만, 그곳의 쫀득한 생크림이 너무 좋다. 한번은 커피를 내리는 분께 단골손님으로 눈도장을 찍어서 크림만 리필받은 적이 있다. 역시나 욕심이 과했던지 크림의 단맛이 너무 강해 커피의 맛을 덮어버리고 말았다. 크림이 조금 아쉬운 듯 적당한 타이밍에 퇴장해줘야 원래 주인공인 커피의 등장이 더욱 빛나는 것이었다. 그 뒤로는 비엔나커피의 크림을 리필하지 않았다.

내가 사는 집

물건들이 집에 들어오고 다시 나가며 동시에 갖가지 경험과 감정들도 집 안으로 들어오고 나간다. 집은 사람과 사물만이 아니라 생각, 감정, 관계, 취향까지도 함께 수납한다. 그렇기에 더더욱 내가 좋아하고 마음에 드는 것만 집에 남기고 싶다. 사랑을 수납하기에도 공간이 부족한데, 미움은 되도록 밖에 두고 싶다.

가장 좋아하는 것들만 남는
고양이의 가구

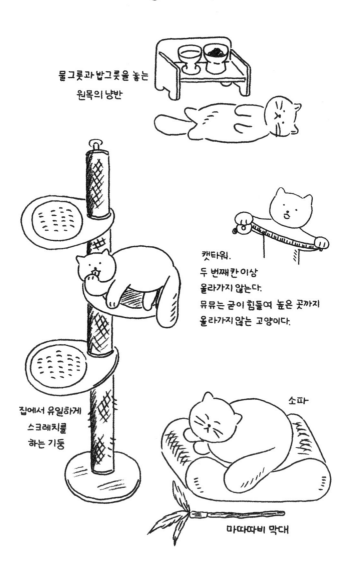

물그릇과 밥그릇을 놓는
원목의 냥반

캣타워.
두 번째 칸 이상
올라가지 않는다.
뮤뮤는 굳이 힘들여 높은 곳까지
올라가지 않는 고양이다.

집에서 유일하게
스크래치를
하는 기둥

소파

마따따비 막대

내 작업의자

최애 서킷 장난감.
공은 굴리지 않고
기대어 눕거나 끌어안는다.

서클모양 집

스툴

뮤뮤는 베란다에서 화분에 심긴 식물들 사이로 창밖 보는 것을 좋아한다. 이때 앉는 스툴이 정해져 있는데, 그 스툴이 아니면 앉지 않는다.

청소의 굴레

알레르기 때문에 약을 먹어가며 고양이를 기르는 사람들이 있다. 왜 그렇게까지 하냐며 이해 안 된다는 식으로 바라보기도 하는데, 그렇게 약을 먹어가며 고양이와 삶을 나누는 사람 중 한 명이 바로 나다.

원래부터 알레르기가 심했던 건 아니었다. 먼지가 많은 곳에 가면 재채기를 조금 하는 정도였는데, 뮤뮤와 함께 생활한 지 1년여 정도 되었을 때부터 눈물 콧물 재채기 협업이 심해졌다. 증상이 있는 날이면 아침 시간이 가장 힘들다. 뮤뮤가 뒹굴었던 자리에 앉거나 유난히 공기 중에 털이 많이 날리는 날엔 하염없이 재채기를 한다. 알레르기를 겪어본 사람이라면 알겠지만, 정말이지 괴롭다. 그렇다고 정신이 몽롱해지는 약을 매일 먹을 수는 없는 노릇이라 어쩔 수 없이 부지런한 청소 요정이 된다.

청소기는 하루에 한두 번씩 꼭 돌리고 항상 돌돌이 테이프로 카펫이나 소파에 붙은 털을 떼어낸다. 돌돌이 테이프는 손을 뻗으면 닿을 장소에 있어야 해서 손잡이가 짧은 것과 긴 것 모두 구비하고 리필할 테이프도 떨어지지 않도록 대량으로 구매해놓는다. 침구의 겉싸개도 자주 교체하고 세탁한다. 공기청정기를 항상 켜두는 것도 당연한데, 필터가 금방 털로 뒤덮이기 때문에 제 기능을 하게 하려면 관리해줘야 한다.

정말 아이러니한 것 중 하나는, 최근에 들인 로봇청소기가 집 안 곳곳을 쓸고 다니다가 먼지통이 꽉 차면 견디지 못하고 끼릭끼릭거리며 그 자리에 멈춰 서서 "먼지 센서를 청소해주세요" 하고 스스로 다급하게 요청하는 것이다. 그러면 안쓰럽고 미안한 마음을 가지고 먼지통을 비워준다. 청소 요정이 힘이 들어서 로봇을 고용한 건데, 로봇청소기를 계속 사용하려면 결국 그것도 청소해주어야만 한다. 벗어날 수 없는 뫼비우스의 띠처럼 청소의 굴레가 계속되고 있는 것이다. 집에 있을 때면 일하는 시간 외에는 주로 청소를 한다고 보면 된다. 쉬는 시간에 낭만적인 무언가를 하고 있을 거라 생각한다면 고맙겠지만, 나는 생존을 위한 청소에 매진하고 있다.

장모종의 얇고 긴 털은 보기엔 너무 예쁘지만 손이 많이 간다. 근본적인 해결책으로 털의 주인 뮤뮤를 자주 빗겨주고 죽은 털도 정기적으로 꼬박꼬박 제거해주는 게 중요하다. 그렇지 않으면 방심하고 벗어둔 외투가 나중엔 흰 털 옷이 되어 있거나, 서부 영화에서나 보던 사막에 굴러다니는 회전초 같은 털 뭉치가 거실에 굴러다니는 걸 볼 수도 있다. 한동안 잠잠하게 지내다가 한 번씩 심하게 재채기를 하기 시작하면 자연스럽게 내가 요즘 청소에 게을렀구나 하고 생각한다.

이렇게 몇 년간 계속해서 청결 지수를 높게 유지하는 데에 육체 노동과 시간을 들이고 있다. 가끔은 격한 청소로 하룻밤 사이에 눈에 띄게 얼굴이 홀쭉해지기까지 하면서 말이다. 그만큼 청소는 힘들다. 원래부터 약간의 결벽증으로 항상 주변을 닦고 정리 정돈을 즐겼던 나인데도 털과의 전쟁을 치르는 청소 요정이라는 제2의 직업이 고된 것은 명백한 사실이다.

'냥줍'이 유행하며 가볍게 고양이를 데려왔다가 쉽게 파양하거나 유기하는 일이 비일비재하다. 나는 절대 고양이를 기르라고 부추기지 않는다. 오히려 고양이와 함께 생활할 때의 단점을 꼭 숙지하고 나서 신중하게 입양을 결정하라고 말한다. 겁을 주는 건 아니지만, 누군가는 나처럼 알레르기가 심해져 일상생활이 그전과는 완전히 다르게 바뀔 수도 있다고 말해주고 싶다. 고양이의 털은 쉼 없이 계속해서 빠지며 다시 자란다는 것을 알아주었으면 좋겠다. 달리 '집사'라는 표현을 쓰는 것이 아니라는 걸 고양이를 길러보면 알게 된다. 고양이와 삶을 나누어 가진 후부터 그리고 앞으로도 내가 청소의 요정임을 자처하는 것은 변함없을 것이다. 이건 모두 오로지 사랑의 힘이다.

똑똑

새롭게 기대되는 어떤 것들을 담기 위해

흐르는 물에 잠긴 접시처럼 마음을 물결에 씻어 보낸다.

물에 씻긴 접시처럼

투명하고 깨끗한 마음으로 맞이한다.

뮤뮤처럼 해보기

뮤뮤처럼 몸을 가장 작고
둥글게 말아보기

그 자세로
그림 그리기

살금살금
다니기

숨어 있다
깜짝 놀라게 하기

그림 생활

그림을 그리기 전에 손톱을 짧고 단정하게 다듬는다. 세면대와 싱크대의 수도꼭지를 빛이 나게 닦고 현관문 앞의 먼지를 쓸고 신발들을 가지런히 놓는다. 그리고 자리에 앉아 그림을 그린다. 항상 반복하는 나만의 의식이다. 혼자 집과 작업방에 머무는 시간이 길어지면 자연스럽게 스스로 규칙을 만들고 루틴을 만드는 재미를 찾게 된다. 책상을 정리해야 작업을 할 수 있는 사람이 있는가 하면 어질러져 있어야 창의적으로 작업하는 사람도 있을 것이다. 나의 루틴은 그때그때 내가 흥미로워하는 마음의 유행을 좇아 조금씩 변경되기도 한다. 그 시기에 마음에 드는 음악을 듣는 것이 하루의 시작이 되기도 하고, 새로운 식물을 들이고는 그 식물을 보고 즐거워하는 것이 루틴이 되기도 한다.

주변이 흐트러지고 마음의 그물이 엉성하면 일도 무너진다. 나는 '절대'라는 말을 믿지 않는다. 절대 떠나지 않을 사람, 절대 변하지 않을 환경 같은 것들에 이제는 들뜨지 않게 되었다. 대신 속해 있는 현실의 작은 성실함으로 마음을 정제하고 앞으로 닥쳐올 태풍에 준비한다. 둥글게 닳은 마음을 뾰족하게 깎는다. 아침에 일어나 책상 앞에서 버티는 것. 그날 해야 하는 일들을 마침내 해내는 것. 계속해서 그림 연습을 하는 것. 그런 단순한 끈기가 모여 앞으로의 모습도 만들어진다. 기질이 만들어낸 신념 같은 것이다. 나는 '오늘도 연습했습니다' 하고 동그라미 도장을 받은 연습장이 좋다.

한때는 내가 가진 근면 성실함을 다른 사람의 입으로 전해 듣는 것이 불편했다. 답답한 모범생으로 보이는 것 같았기 때문이다. 어린 내가 꿈꿨던 예술가는 예측 불가능하고 충동적인, 그런 멋짐이 있었기 때문에 이상향과는 거리가 너무나 먼 나의 성향이 현실의 민낯 같아서 창피했다. 연습하지 않아도 잘 그리는 사람. 그런 건 없었다. 재능은 시작의 도화선일 뿐 더 나아지기 위해선 연습과 과정만 있을 뿐이다.

지금은 오롯이 집중해서 그림을 그릴 수 있다는 사실 자체가 감사하고 그 무엇보다도 사치스럽고 윤택하다고 느낀다. 한때 요리를 좋아해서 즐겨 했는데 즐겁자고 취미로 하는 요리 때문에 칼에 손을 베이거나 피로해져서 그림을 그리는 데 지장을 주곤 했다. 그 뒤로는 요리와 멀어졌고 집안일도 최소한으로 하려 한다. 요리를 잘하느냐, 요리를 좋아하느냐는 질문을 받으면 스스럼없이 요리를 하지 않는다고 말하게 되었다. 손을 아끼다 보니 그렇다고 말하면 모두 고개를 끄덕인다. 정말 중요한 게 무엇인지 순서를 생각한다. 실제로 중요한 것을 우선 실행할 수 있다는 건 행복이다. 내 그림과 글을 좋아하고 아껴주는 사람들에게 그만큼의 예의와 태도를 갖춰 보이고 싶다. 사람과 일에 있어서는 타인에게도 응답할 수 있는 사람이 되어주고 싶다.

그림 그리는 일은 철저하게 고독한 직업이다. 게다가 이 직업은 항상 머릿속이 복잡하다. 그림만 그려서는 '일'을 해나갈 수 없다. 세금 문제도 알아야 하고 뜬구름 같은 이 메일에 답변하며 반나절을 허무하게 보내기도 한다. 혹시 모를 부당한 관계에 대비해 계약서를 주의 깊게 들여다봐야 하고 견적을 낼 때도 창작의 값어치와 노동에 비례해 신중해야 한다. 이제 그만 그림을 그리고 싶다는 생각이 들 정도로 이타적인 업무에 시달리기도 하면서 몸이 쇠약해간다.

이 모든 일을 하는 주체는 '나'다. 내가 결정하고 내가 책임져야 한다. 예기치 못한 실수와 좋지 않은 상황을 마주하기도 한 경험이 있어 내 안에서 많은 질문과 대답을 한다. '이게 맞을까? 정말?' 그럴수록 점점 더 간결히 생각하고 쉬운 형태로 말하고 쓰게 되었다. 그렇지 않으면 세상은 무엇이 이토록 복잡하고 얽히고섥켜 있는지 그림을 그리는 시간에 집중하기 어렵고 산만해진다. 점점 매너리즘에 젖어 인생이 쓸데없이 길다고 느껴지기도 한다. 인생은 오류와 실패의 반복이다. 오늘 아름답다 느꼈던 것을 내일은 혐오하게 된다. 그렇게 나는 하루를 메꿔나가며 점점 자기 객관화에 눈을 뜨는 것이다.

일하며 내가 건조하고 말수가 적은 사람일 수는 있지만 게으르고 일 못하는 사람은 아니었으면 한다. 창작자가 이유 없이 상냥하고 친절해야 한다고는 생각하지 않는다. 창작자는 작업물에 있어 단호한 태도를 학습하게 된다. 피드백과 평가에 익숙해지지 않지만 태연해지려고도 한다. 아닌 것은 아니라고 말해야만 잘못된 결과물을 막을 수 있다. 간결하고 쉬운 형태로 전달하지만 너무 모나지 않도록 하려 한다.

초등학교 5학년 미술 시간에 지점토로 배구 하는 사람들을 만들고 칭찬을 받았는데, 그게 공개적이고 공식적인 칭찬을 받은 최초의 경험이었다. 미술 선생님은 내가 만든 사람의 인체 비율이 좋고 몸통과 팔다리를 두껍고 큼직하게 만든 것이 대담하다고 했다. 흰색의 지점토로 만들어진 사람이 네트를 가운데 두고 한 사람은 토스하고 반대편 사람은 공을 받으려 팔을 뻗고 있다. 철사로 세운 공도 그럴듯하게 공중에 떠 있다. 다음 미술 시간까지 일주일 동안 내 작품이 교실 뒤 사물함 위에 전시되었는데, 나는 극도로 소극적인 아이여서 일부러 일찍 학교에 가서 보는 사람이 별로 없을 때 '배구 하는 사람들'을 가까이서 부분부분 섬세하게 천천히 보았다. 그리고 아이들이 모여들면 부끄러워 자리로 돌아가 앉았다. 내 작품이 교실 뒤에 전시된 모습을 흘깃 뒤돌아보면서 말이다. 그때 나는 아마도 다리를 좀 더 길게 만들었으면 좋았을 텐데, 사람을 흘러내리지 않고 꼿꼿하게 세울 방법은 없을까, 이런 생각을 했던 것 같다. 또 만들고 싶다는 강한 마음도 샘솟고 있었다.

좋아하기 때문에 가장 열정적이면서 냉정한 마음이 된다. 한 번에 그려졌다고 무조건 좋은 그림이라 생각하지 않는다. 부족한 부분이 있다면 더 채워넣어야 하고 마지막까지 밸런스를 신경 쓴다. 한 번에 그려진 그림은 절대 수정하지 않으면서 그게 멋있고 좋은 거라고 착각했던 시절이 있었다. 처음 그려진 선의 느낌이 가장 분명하고 제일 좋다고 생각해서, 사실은 조금만 고치면 더 괜찮은 그림이 될 수 있는데도 굳이 그러지 않았다. 이상한 고집으로 탄생한 그림을 훗날 보면서 느끼는 부끄러움은 나만의 몫이다.

물론 단시간에 그렸는데 정말 좋은 그림도 더러 존재한다. 그때만이 가진 확고한 필력과 생각에는 화력이 있다. 정말 가볍게 그렸지만 깊은 영감을 주는 그림은 아무도 밟지 않은 눈밭이 햇살에 반짝이고 있는 걸 보는 것마냥 찬란하면서도 순수한 기분이 들게 한다. 그런 한 장을 발견하기 위해 그리고 또 그리는 것이다. 그러므로 최종이 되기 전에 되도록 다시 보는 편이다. 그래야 계속 나아갈 수 있고 그림과 창작 활동이 나에게 유익하다 말할 수 있다. 인생에서 만난 거친 면들을 결국 창작 생활로 회복해오며 어떤 실패와 갈등들은 적절히 외면하는 기술도 자연스럽게 터득했다. 그것은 삶에서 유익한 외면이라 생각한다. 좋아하기를 두려워하지 않고 맞서보면 작은 내가 단단해져 있다. 이윽고 책상 앞으로 찾아온 고독을 반기는 시간이 된다.

고양이는 무엇이든 될 수 있어.

오늘을 이루는 갖가지 표현 속에서

줄지어 기다리는 불안과 추위를 담요로 덮어주는 용기
의외의 곳에서 발견되는 희망과 열정
처연히 시들어가는 탁자 위의 꽃
시원한 샤워를 위해 무더위를 머릿속에 그린다
나의 창문이 거센 바람에도 이겨내기를
우리의 하루가 고결할 수 있기를.

둘. 저런 생활

하나씩 함께를 배워갑니다

올이 가볍게 짜인 성근 새벽

새벽 꿈자리에는 좋은 것과 나쁜 것이 모두 함께 찾아온다. 성글게 짜인 마음의 그물에 갖가지 물고기들이 잡혀 들어오는 것이다. 나는 잠에서 깨어나 밤새 쳐두었던 그물을 건져 올리는 어부다. 만약 내가 좋은 꿈을 꾸었다면 뮤뮤도 그 꿈을 꾸었기를. 우리가 같은 꿈을 꾸었다고 믿고 싶어진다.

옷장

분주하게 외출 준비를 하고 있으면 어느새 뮤뮤가 옆에
와 있다. 정확히는 입고 나갈 옷을 고르고 있을 때 내가
방심한 틈을 타 옷장 안으로 들어가기 위해 와 있는 것이
다. 뮤뮤가 옷에 털을 묻히는 걸 막으려고 항상 옷장 문
을 꼭 닫아두고 주의하는데, 옷장 속 옷들 사이에 앉아 있
으면 특히 아늑함을 느끼는 건지 어떻게든 들어가려 한
다. 조금 앉아 있는 것 정도야 괜찮지 않겠냐고 생각할 수
도 있지만, 모 재질의 코트 같은 경우 털이 촘촘히 박히
면 떼기도 어려워서 한참을 고생하며 정리해야 한다. 옷
을 테이프로 자주 떼어내면 약한 옷감은 상하기도 해서
아끼는 옷은 되도록 처음부터 관리를 잘하려고 신경 쓸
수밖에 없다.

옷장에 들어가면 내가 싫어한다는 것을 뮤뮤도 알고 있다. 그래서 아주 조용히 몰래 다가와서는 들어갈 기회가 엿보일 때 재빠르게 가장 깊숙한 곳으로 들어가 몸을 말고 골골골 노래를 부르며 앉아 있는 것이다.

한번은 뮤뮤가 옷장에 들어간 줄 모르고 문을 닫았다가, 한참 후 안에서 부스럭거리는 소리를 듣고 헐레벌떡 문을 열어준 적도 있다. 너무나 행복하게 골골골 노래를 부르는 뮤뮤를 보면 마음이 약해져서 이를 어쩌나 고민하기도 하지만, 결국 체포해서 연행한다. 내가 부자가 되면 뮤뮤만을 위한 옷장에 옷을 가득 채워 선물하고 싶다.

도로롱
도로롱

골골골

쿨쿨

뮤뮤가 털찌는 과정

뮤뮤는 두세 달에 한 번 꼴로
가위 미용을 한다.

동글동글

미용이 막 되었을땐 몸의 굴곡이 보인다.

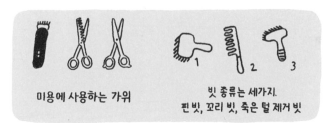

미용에 사용하는 가위

빗 종류는 세가지.
핀빗, 꼬리 빗, 죽은 털 제거 빗

가슴도
수북

뺨의 털이 제일 먼저
뾰족 하게 자란다.

그다음엔 배부분의 털이 수북수북

다리가 짧아 보인다.
바야바 같은 모습.

〈완성〉

샤워할 때, 특히 머리를 감을 때

잊고 싶은 기억, 창피했던 일, 싫었던 일들이 떠오를 때
생각을 떨치기 위해 소리지르는 버릇이 생겼다. 어떤 날
에는 샤워를 할 때 아주 좋은 생각이 찾아오기도 하고, 어
떤 일의 해결 방법이 떠오르지 않다가 불현듯 복잡한 일
생각이나 감정이 정리되기도 한다. 흐르는 물에 몸을 씻
는 것은 피부의 찌꺼기 같은 불필요한 나쁜 것들로부터
실연하는 과정인 동시에 새로운 탄생과 조우하는 신비로
운 일이다.

실로폰 소리

초록의 향기가 짙어지고 해가 길어지는 날이 찾아오면 바람에 나풀거리는 원피스를 찾게 된다. 마음에 쏙 드는 원피스를 찾는 여정이 돌아왔다고 내 등을 노크하는 것이다. 내 키와 체형을 고려하고 생활 습관이나 자주 가는 장소도 생각해서 머릿속에 옷을 그린다. 그리고 시간이 날때면 알고 있는 모든 곳을 탐방하며 옷을 본다. 조급한 마음에 종종걸음이 되더라도 소재를 만져보고, 입어도 보고, 정말 마음에 드는 게 아니라면 내려놓고 끈기 있게 기다리는 마음도 필요하다.

이번 해엔 그렇게 끈질긴 탐정의 나날 끝에 운 좋게 린넨과 면이 혼합된 오렌지색 원피스를 샀다. 그 원피스는 화창한 날에는 길을 따라 줄지어 서 있는 나무들의 그림자와 아주 잘 어우러졌고, 땀이 나더라도 원피스를 입기 위해 밖에 나가고 싶게 했다. 좋은 옷을 입고 걸으면 나에게서 맑고 청명한 실로폰 소리가 난다. 옷이라는 아름다운 풍치가 마음을 즐겁게 하고 기력 없는 삶을 춤추게 한다. 낡은 실로폰의 녹을 기름으로 닦아내어 다시 선명한 색을 찾아주는 것처럼.

까마귀가 반짝이는 것에 끌려하듯 도트 무늬가 있으면 자석처럼 눈길이 간다. 원은 혼자 있을 땐 고요하고 여럿이 모이면 생동감을 준다. 나는 세상에 같은 도트 프린트는 존재하지 않는다고 생각한다. 원의 지름과 원끼리의 간격과 배치에 따라 잔잔함부터 큰 힘까지, 빈티지한 감성에서 도회적 미까지 다양한 변화가 가능하다. 땡땡이, 물방울, 도트 등 불리는 이름도 여러 가지다.

시기마다 반드시 제일 좋아했던 도트 무늬의 옷들이 한 벌씩 있다. 사진첩을 보면 그 시절에 내가 발견하고 사랑했던 도트들이 귀엽게 추억의 한 자국을 남기고 있는 것이다. 지금까지 가장 오래도록 좋아하는 도트 무늬의 옷은 작은 흰 도트가 찍힌 검정색 실크 롱 스커트다. 빈티지 옷가게에서 샀는데 오랫동안 아끼면서도 즐겨 입고 있다. 되도록 그 스커트에 집착하지 않으려 하지만, 문득 언젠가 헤져 입을 수 없게 되는 날도 오겠지라고 생각하면 우울감마저 든다. 발목까지 내려와 매끄럽게 다리를 감쌌을 때, 그 긴장감으로부터 오는 영감을 사랑한다. 옷은 아이러니하게도 너무 좋아해서 열심히 입으면 입을수록 상처 입게 된다. 세탁을 하는 것조차 두려워지는 순간이 오는 것이다. 그래서 현명한 사람은 같은 옷을 몇 벌씩 쟁이나 보다.

나의 겨울은 도톰한 코트를 걸치는 날부터 시작된다. '오늘부터 겨울의 첫날인 거야.' 현관문을 열고 나가는 순간 생각했다. 누군가에겐 너무 추워서 눈물이 핑 도는 날이나, 첫눈이 내린 날이 진짜 겨울이라고 인정하는 순간일 수도 있지만, 나에겐 코트를 입는 그날이 겨울의 첫날이 된다.

작년에 내 수준에선 꽤 값비싼 코트를 한 벌 장만했다. 웬만한 가구 하나를 살 수 있는 가격으로, 그해 어떤 전시로 벌었던 돈의 거의 전부였다. 큰일을 끝낸 뒤 나에게 주는 포상과 같은 구매를 할 땐 망설임이 적은 편이다. 무조건 알뜰하게 사는 것보다는 지금의 내가 새 코트를 입고 길을 걸으며 더 좋은 것을 구상하는 쪽을 택한다. 굳이 마음이 기대는 자리를 돈으로 계산하다 되레 극심한 상실감을 얻고 싶지 않은 걸지도 모른다.

곱게 간 밤과 팥을 섞은 잼 같은 색이 포근하게 내 어깨 위에서부터 걸쳐졌다. 옷을 입고 거울 앞에 섰을 때 찌릿하고 전기가 흐르는 옷이 있는데 바로 그런 옷이었다. 좋은 옷을 입고 반듯한 자세로 앉아 커피를 마시는 모습이 떠올랐다. 나도 모르게 볼이 붉어지고 미소가 지어졌다. 적당한 모의 무게감과 전체 길이, 단추의 모양과 지나치게 과장되지 않은 주머니 크기, 팔 둘레부터 세심하게 마무리한 재봉까지 모두 이상적인 하나의 집합체로 느껴졌다. 들뜸으로 머릿속이 가득 찬다. 그럴 땐 너무 계산적으로 눈을 빡빡하게 뜨지 말자고 생각한다. 부끄러운 내 단점을 가리고도 내가 나일 수 있도록, 부지런히 자라는 식물처럼 아름답게 살기를 희망한다.

너에게 닿으면.

둥근 해의 시간이 길어지고
이마가 반질반질 빛난다.

발목을
덮어서
시원해지는
원피스

걸으며 마시는
탄산음료

가방 두 개로
친구 만들어주기

파나마햇

린넨 스커트

잔잔한 선풍기

건강 지킴이
가디건

귀가하며
식물을
사는 습관

손수건은 매일
바꿔주자

여름 양말은
채도가 높은 색으로

빵과 따뜻한 커피를 반기는 날들

잠깐의
고요함

핸드크림.
숲, 우드톤의
향기가 나는
사람이고 싶다.

털찐 뮤뮤

컨버스 토트백

부츠를 찾는 여정

고양이 혼

스웨터 수집가.
오래도록 함께 할 수 있는
스웨터를 만났을 때의 기쁨.

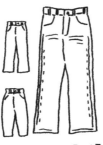

같아 보이지만 모두 다른
나의 청바지들

편안 포근

친구의 낡은 자동차

친구가 고향 집에서 부모님이 아주 오랫동안 타던 차를 물려받았다. 친구에겐 첫 자동차였기 때문에 무척 들떠 있는 듯했다. 나는 함께 근교로 드라이브 가는 날을 학수고대했는데, 드디어 몇 주 뒤 나를 태우러 우리집 앞으로 왔다. 친구의 차를 보고 오랜만에 기분이 좋았다. 친구 아버지가 험하게 다루셨기 때문에 차의 외관에는 상처가 무척 많았고, 이미 단종된 지 오래된 베이지색의 클래식 중형차였기 때문에 그 모습이 무척 유니크하다고 느꼈다. 새것의, 값비싸고 유난스러우면서도 느끼한 생물로 넘쳐나던 주변에 돌을 던져 파동을 일으키는 것 같은 신선함이었다.

차는 열쇠로 열어야 했고 백미러는 손으로 접었다 펴야
했다. 블루투스로 음악을 들을 수도 없고 선을 연결해야
했는데 나중엔 그마저도 고장이 나서 라디오만 흘러나왔
다. 하지만 그런 것에 비해 차는 그럭저럭 잘 달렸다. 원
래부터 유쾌한 사람인 친구는 이런 상황에도 자신의 생
활에 침투한 변화를 즐겁고 생기 있게 받아들이고 있었
다. 서툰 운전 때문에 긴장하긴 했지만, 상기된 얼굴을 보
니 오랜 서울 생활로 익숙해진 삶에서 찾은 빛과 같았으
리라 짐작했다.

드라이브 중간에 잠시 멈춰 커피와 샐러드 빵을 사고, 낡
은 자동차는 다시 달렸다. 4월의 서늘한 바람과 뜨거운 해
가 동시에 창문 앞으로 쏟아졌다.

직선 도로가 길게 이어질 때만 친구에게 말을 걸 수 있었다. 누구보다도 쉼 없이 의식의 흐름대로 대화하길 즐기는 사람인데 급격히 말수가 줄어든 모습이 생경했다. 룸미러에 걸린 십자가 모양의 장식을 보고는 13년 만에 처음으로 친구에게 세례명이 있다는 사실을 알았다. 교외인데도 붐비는 카페에 도착해 밀크티를 마셨다. 다시 출발하기 전 야외 주차장에서 내비게이션을 만지며 차 안에 앉아 있었는데 어떤 남녀가 친구의 차를 보고 자기들끼리 속닥거리며 지나가다가 다시 뒤돌아보고 낄낄거렸다. 내가 차 문을 벌컥 열자 둘은 화들짝 놀라며 빠른 걸음으로 자신들의 차가 있는 방향으로 도망갔다. 두 사람의 뒷모습은 궁색하고 보잘것없어 보였다. 그들은 낡은 자동차가 태운 수많은 의미 있는 인생의 무게를 알지 못할 것이다.

파주에 도착하니 어둑하게 그림자가 드리우고 해가 저물어가고 있었다. 이제 곧 사라질 운명을 맞듯 해는 더욱 붉게 타오르며 주변을 적셨다. 한적한 길옆으로 작은 농가들이 일찍 잠이 든 듯 고요히 있을 뿐이었다. 아주 버려지지도, 그렇다고 정성스럽게 정돈되지도 않은 비닐하우스와 작은 박스 같은 건물들이 듬성듬성 땅 위에 춥게 서 있는 풍경이었다.

나는 이창동 감독의 영화 〈버닝〉이 파주에서 촬영한 것이고 바로 지금이 영화 속 풍경과 같다는 이야기를 꺼냈다. 불에 탄 비닐하우스가 없는지 찾아다녀볼까 하고 농담을 던지기도 했다. 우리는 우리가 살아가며 느끼는 메마른 무력감에 대해 대화를 이어나갔다. 어떨 땐 존재하는 모두가 부자여야 하고, 인간관계에서도 성공한 인생을 살아야 하는 게 당연하게 느껴지기도 한다. 하지만 친구는 낡은 차를 물려받았고 나는 여전히 정체 모를 고독과 다투며 살아가고 있을 뿐이다. 세상은 윤택한 부분을 비춰 보이지만 적어도 나의 하루는 안온하기만 하지는 않다. 우리는 지극히 평범할 뿐인데 왜 이리 무력하고 그런 삶에 화가 나는 건지. 그렇다고 소리 내서 외치지도 못하는, 그런 소심한 성격들이다. 4월의 건조한 땅 위에 서 있는 메마른 나무처럼 말이다. 어쩌면 슬프기 때문에 삶이 아름다워 보이는 건지도 모를 일이다. 아무것도 없는 황무지에 놓여 있는 스포츠카처럼 낯선 욕망은 뜬금없이, 맥락 없이 마음 안에 존재한다. 나는 그날 친구의 차에 앉아 그런 맥락 없는 욕망은 당당히 무시하며 살아가겠노라 몇 번이고 되뇌었다. 모든 부유함이 옳은 것은 아니다.

그날 이후로도 나는 친구의 차를 타고 여기저기 다녔다. 유난히 하기 싫은 일을 많이 해야만 하는 날들이 계속 이어지는 시기가 있다. 곧 터져버릴 것 같은 위태로운 기분이 들 때, 반드시 마음을 청소해야만 하는 날엔 드라이브가 더욱 좋았다. 자동차는 얼마 지나 고향으로 돌아가 폐차의 운명을 맞았고 친구는 고철비로 27만 원을 받았다. 태어나 해야 할 일을 모두 다했을 뿐만 아니라 주인이 아닌 나 같은 타인에게까지 깊은 감명을 남긴 자동차. 이야기를 전해 듣고 나는 꽤 오랫동안 그 낡은 자동차의 마지막을 슬퍼했다.

나의 좁은 세계

딸기 꼭지와 흰 부분까지 칼로 잘라서 접시에 총총총 쌓아 산을 만들자 진정한 평화가 찾아왔다. 접시를 가득 채울 만큼 딸기를 쌓은 뒤 테이블로 가져가 의자에 앉아서 본격적으로 바라본다. 딸기는 먹지 않고 보기만 하는 것이 더 즐겁기도 하다.

코팅된 듯 매끄럽지만 세게 쥘 수 없다. 연약한 딸기의 표면이 반짝이며 윤기가 흐르는 걸 보고 있으면, 농부의 손에서 나의 집까지 망가지지 않고 올 수 있는 이 시대에 대한 경이로움마저 느낀다. 딸기는 붉고, 완벽하게 갖춘 창조물이다. 어쩌면 이렇게 약하면서도 강할 수 있을까.

달걀

또 어떤 아픈 일이 있더라도, 인생의 거친 면을 보았더라도

평화의 출발선에 다시 가서 서보자.

순도 높은 결정들

10여 년 전에 일본 오사카에서 1년 정도 살았다. 한국에서 2년 반을 다니던 첫 직장을 그만두고 곧장 선택한 결정이었다. 도착했을 때 내 짐은 커다란 여행용 가방 하나가 전부였다.

일본인 친구들의 집에 한 달 정도 신세를 지다가 출퇴근하는 직장인이 많은 '우에혼마치'라는 동네에 독립해서 혼자 살았다. 집은 여성 전용 맨션으로 작은 원룸 구조였지만, 조리가 가능한 주방과 쭈그리고 앉을 수 있는 욕조를 갖춘 욕실, 에어컨 겸 난방기, TV, 침대와 테이블까지 있는 콤팩트한 장난감 세트 같은 집이었다. 세탁은 옥상에 있는 세탁실에서 공용 코인 세탁기를 이용했는데, 엘리베이터만 타고 가면 되었으므로 편리한 편이었다.

상주하는 경비도 있고 시설도 깨끗해서 당시 5만 엔(50만 원)으로 그 정도 집을 구한 건 행운에 가까웠다. 한 가지, 옆집에서 마리오 게임을 하는 게 들릴 정도로 방음에는 취약했다. 가끔 친구를 데려와 이야기를 나누다가 우리도 모르게 목소리가 커지면 여지없이 옆집에서 주의를 줬다. 주의를 주는 방식은 벽을 두드리는 것. 한 층에 다섯 개 정도의 방밖에 없었지만, 복도에서 누군가를 마주치는 일이 극히 드물어서 옆집 사람의 얼굴은 이사 나올 때까지 단 한 번도 보지 못했다. 뒤늦게 다른 집 사람들이 나가고 들어오는 게 겹치지 않도록 항상 신경 쓰고 있었기 때문이란 걸 알았다.

친구들의 집에서 나와 진짜 혼자가 되었을 때, 일주일쯤 아무 일도 없이 집에만 있자 어떻게든 되겠지 했던 마음에 불안이 싹트기 시작했다. 편의점에서 일할지도 모르는 상황을 대비해 손님에게 거스름돈을 내밀며 깔끔하고 예쁘게 숫자를 말하는 연습을 했다. 슈퍼 전단지의 숫자만 읽어보거나 머릿속에 즉흥적으로 떠오르는 금액을 소리 내서 말해보는 것이다.

설거지를 하다가도 "2,957엔입니다" 같은 말을 혼자 중얼거렸다. 이왕이면 숫자를 예쁘게 말하는 점원이면 좋겠다 싶었다. 방금 내뱉은 발음이 완벽하다 싶을 땐 쾌감을 느꼈다. 운동선수가 기록을 경신하고 기뻐하는 모습처럼. 결국 디자인하는 일을 찾게 되어서 그 연습은 소용없어졌지만 한 번쯤 현실에서 쓸 일이 있었다면 어땠을까 하는 아쉬움도 한켠에 있다. 도시락이나 음료 같은 걸 줄 세워 진열하는 것도 곧잘 했을 텐데.

운 좋게도 처음 찾은 디자인 일로 일본을 떠날 때까지 쭈욱 한 회사만 다녔다. 어디까지나 파트타임 디자이너였고, 시급을 받아 생활했는데 월급이 나오는 날이면 우메다에 가서 쇼핑을 했다. 다리가 피로해지면 자주 가는 도넛 가게에서 링 모양 도넛과 커피를 마시며 사람 구경을 하거나 노트에 생각을 끄적이며 시간을 보냈다.

점심

많이 걸을 땐 우메다에서 신사이바시까지 대략 40~50분 거리를 걸었다. 신사이바시에는 멋진 가구점이나 편집숍들이 많았고 스탠다드북스토어 서점에서 책을 보다가 신중하게 한 권을 고르는 것이 큰 즐거움이었다. 가구점에 들어가기도 했지만 가구를 사는 일은 없었고, 녹색 천으로 덮인 단단한 소파에 앉아보며 이런 소파가 어울리는 집에서 살고 싶다는 상상만 하곤 했다. 그땐 가구를 살 수 없다는 게 가장 큰 아쉬움이었다. 만약 일본에 더 오래 머무르게 된다면 돈을 모아 지금보다는 도시 외곽이어도 좋으니 거실과 방이 분리된 구조에서 살며 마음에 드는 소파나 식탁을 사야겠다는 계획도 세웠던 것 같다. 소파에 앉아 그런 생각을 하는 것만으로도 아이스크림을 핥는 듯한 달콤함을 느꼈다. 그러나 그때 다니던 회사의 형편이 어려워져 존속 여부가 모호해졌고 나도 이런저런 고민 끝에 일본 생활을 정리하게 되었다.

*우메다는 백화점과 쇼핑센터가 많은 번화가다. 관광안내 책자에 자주
등장하는 빨간색 관람차가 있는 곳이기도 하다.

그때 내가 다녔던 곳은 아주 작은 광고 회사로, 회사 건물 위로 지하철이 다녀서 몇 분 단위로 진동이 느껴졌다. 직원으로는 할아버지 사장님과 경리담당자, 영업담당자, 디자이너들이 있었다. 나를 비롯해 시급을 받으며 디자인 일을 하는 사람들이 처음엔 여럿 있었는데 나중엔 한 명씩 줄어들었다. 회사의 현관은 반투명한 미닫이문으로 열 때마다 나는 드르륵 소리를 좋아했다. 그 문을 여는 순간이 유일하게 내가 다른 세상에서 살고 있다는 기분을 느끼게 하는 요술 장치 같았다. 1층엔 사무를 보는 분들과 사장님이 계셨고, 사람 한 명이 간신히 올라갈 정도로 좁고 유약하기 짝이 없는 철판으로 된 간이 계단을 걸어 올라가면 디자이너들이 일하는 다락방 같은 공간이 나왔다.

디자인용 PC가 오기 전엔 1층에서 내 노트북으로 그림을 그리고 있으면 사장님이 내 옆으로 의자를 가지고 와서 한참을 말없이 지켜보기도 했다. 그 때문에 회사를 그만두고 차라리 카페 알바를 찾아볼까 고민했다. 다행히 PC가 들어오면서 디자이너들은 위층으로 올라가게 되었고 웬만해선 사장님이 거기까지 잘 찾아오지 않게 되었다.

일이 많을 땐 꽤 바쁘기도 했다. 무슨 일을 했냐 하면, 자판기에 들어가는 POP 광고 편집 디자인이었다. 그 회사는 광고주의 요구에 따라 사진이나 그림이 있는 광고를 인쇄해 자판기 앞쪽 전면을 두르는 방식으로 만들었다. 오사카 덴노지 동물원에는 내 손을 거친 광고가 붙은 자판기가 아직 있을지도 모른다.

회사에 종종 놀러오곤 했던 사장님의 부인은 내가 집에서 만들어온 도시락을 탕비실의 전자레인지로 데울 때면 미소를 지으며 좋은 냄새가 난다고 말씀하시곤 했다.

친구들을 비롯해 회사 사람들까지 대다수가 오사카 사투리를 썼기 때문에 자연스레 옮아 나중엔 나도 모르게 사투리로 말하고 있었고 회사로 걸려오는 전화도 자연스레 사투리로 응대하고 있었다. 근무시간은 10시에서 4시, 혹은 오후 1시에서 6시로 선택해서 일했다. 점심은 각자 도시락을 먹었는데 사무용 책상으로 드리운 정오의 따스한 햇볕과 나무젓가락을 얹어놓은 컵라면의 냄새를 기억하고 있다. 컵라면의 얇은 종이 뚜껑으로 빠져나오는 뜨거운 김을 보고 있노라면 내 인생이 완만한 곡선을 이루고 있는 듯한 착각이 들었다.

일본에서 지낼 땐 거의 채식을 했기 때문에 주말엔 집 앞 백화점의 수입품 슈퍼에서 비건 식자재를 샀다. 거긴 뮤즐리의 종류가 다양해서 고르는 재미가 있었다. 병에 든 진저 에일을 좋아해서 그것도 항상 샀다.

환경에 대한 인식 더하기 나에게 어떤 규칙을 만들어주고 싶어 시작했던 간헐적인 채식이 생각보다 길게 이어 졌고 나중엔 육류뿐 아니라 계란이나 치즈까지 먹지 않는 시기도 있었다.

채식은 혼자 지낼 때 가장 지키기 쉬웠다. 주로 단호박 찐
것을 으깨어 호밀빵에 스프레드처럼 발라 먹거나 뮤즐리
와 바나나, 아보카도 같은 채소 등을 함께 먹었다. 그전엔
오트밀에서 지푸라기 맛이 난다고 생각했었는데 익숙해
지니 고소하게 느껴졌다. 한국에 돌아온 이후에도 얼마간
은 육류 섭취를 되도록 지양하는 생활을 지속했다. 회사
를 그만둔 것도, 일본에서 홀로 1년 살아보기로 했던 것
도, 채식을 했던 것도 모두 그 시절 나에게 있어 가장 순
도 높은 결정들이었다.

아무것도 하지 않아도
누군가가 되려 하지 않아도 괜찮다.

씨앗과 탄생

내게서 또 다른 인격체를 발견한 건 낯선 땅에서 혼자 살
게 되었을 때였다. 아무도 모르는 곳에서 혼자 살기 시작
하면서부터 줄곧 무겁게 지고 있던 투명한 망토를 벗어
내려놓자 그 어느 때보다도 몸이 가벼워 활기가 넘치고
눈빛에도 생기가 돌았다. 모르는 사람과 이야기하는 것이
즐거웠고, 영화를 보는 것도 책을 읽는 것도 다시 즐거워
졌다. 그곳에서 만난 사람들에겐 이전의 나를 굳이 설명
할 필요가 없었고 땅속 깊숙이 묻혀 있던 새로운 인격의
씨앗이 발현된 듯했다. 어쩌면 그때 돋아 자란 새로운 자
아로 지금껏 살아오고 있는지도 모른다. 물론 사람의 성
격이 분갈이하듯 화분에서 화분으로 옮겨가는 것은 어렵
겠지만, 한번 엔딩을 맞았던 극이 다시 열리듯 암흑으로

깜깜했던 무대에 조명이 켜지며 새롭게 살게 되었던 것은 분명하다.

루이는 내가 오사카에서 만난 친구다. 그 이후로 지금까지 10년이 넘는 시간 동안 우리는 일본과 한국을 오가며 1년에 한 번씩은 꼭 만나왔다. 원래 루이는 P의 친구이자 룸메이트였고, 나도 P의 친구였다. 내가 오사카에서 집을 찾기 전까지 둘의 집에서 얹혀살면서 나도 루이와 친구가 되었다. P가 다니던 회사는 야근이 잦았고 집에 돌아오지 않는 날도 많았다. 그래서 언제나 집에 있던 건 루이와 나였다.

루이는 저녁 6~7시 사이면 어김없이 퇴근해 집에 돌아와 저녁을 만들고 그 저녁으로 다음 날 도시락도 쌌다. 언제나 완벽하게 메이크업을 하고 있었고 야무지게 요리를 잘했기 때문에 꼼꼼하고 계획적인 성격인 줄 알았다. 그런데 한번은 발 디딜 곳을 찾아 들어가야 할 정도인 루이의 방을 보고 놀란 적이 있다. 하지만 루이는 그것보다 장점이 더 많은 귀여운 사람이다. 루이는 늘 맛있는 저녁을 만들어주었는데 그때의 나에게는 어미새와 아기새의 관계나 마찬가지였다.

처음 일본의 공기 자체에 익숙해지는 시간 동안에는 무척한가해서 집 근처 강가를 산책하거나 카페에 앉아 그림을 그리면서 여유롭게 보냈다. 그때의 나에겐 느리게 흘러가는 하루가 필요했다.

그렇게 온종일 집에서 심심하게 보내는 날도 있다 보니 자연스레 루이의 귀가를 기다리게 되었고, 낮 동안 내가 집을 깨끗하게 정리해놓으면 루이가 돌아와 기뻐했다. 루이가 한국어를 배우고 싶다고 해서 한국어를 알려주기도 하면서 식탁에 앉아 서로에 대해 많은 이야기를 나누곤 했다.

루이는 내가 무엇을 하든 귀엽다, 멋있다, 라고 해준다. 곁에 그런 사람이 있고 없고가 인생에서 아주 큰 차이가 있다는 걸 루이를 만나서 알게 되었다. 나는 칭찬에 인색한 환경에서 자랐다. 부모님은 표현에 서툴렀기에 어릴 적부터 나를 잘 칭찬해주지 않았다. 다정하게 예쁘다고 하는 말을 들었던 기억이 없다. 처음엔 루이의 칭찬을 투명하게 받아들이기 어려웠다. 천사들이 내려와 설탕을 뿌리고 귓가에서 작은 종을 흔들며 축복을 선물하듯 그 어떤 계산도 조건도 없는 칭찬을 마주한 것은 태어나서 처음이나 마찬가지였다. 그런 말을 들으면 입꼬리는 올라가지만 사시나무처럼 떨리다가 온몸이 경직되었다. 루이는 그런 나의 어색한 반응에도 개의치 않고 똑똑히 들리도록 큰 소리로, 자주 말해주었다.

"넌 정말 멋있어!"

정말 그렇게 생각해서 하는 말이 아닐 거라고 애써 부정하던 시기가 있었다. 루이가 나를 똑바로 바라보면 나는 어떻게 해야 할지 몰라서 눈을 피했다. 쭉 자신감이 없었고 항상 주눅든 사람으로 살았다. 기울어진 테이블 위에 올려놓은 펜이 굴러 바닥에 떨어져서 그걸 주워 다시 올려놓으면 또 굴러떨어지듯 높은 곳에서 머무는 시간이 그다지 길지 않은 자존감으로 말이다. 하지만 본심이든 아니든 그게 무슨 상관이란 말인가? 나에게 있어 칭찬과 격려는 너무나 좋은 양분인데. 나는 이내 심장이 사르르 녹아내려 같은 말을 계속 듣고 싶어하는 칭찬 중독이 되었고, 칭찬 금단 현상까지 느끼게 되었다.

고등학교 때부터 대학까지 줄곧 애니메이션을 공부했지만, 전공과 관련된 곳에 취업하지 않았다. 나름 애써왔던 시간과 노력을 뒤로하고 내 길이 아닌 것 같다고 판단하면서부터 좌절이 시작됐다. 단기간에 일러스트 포트폴리오를 만들어 디자인 회사에 들어갔지만, 처음에는 업무가 무척 서툴러 하루하루가 지옥 같았다. 선임이 "이거 알지, 해봐"라고 하면 얼굴이 붉어져 혼자 방법을 찾기 위해 몰래 사투를 벌였고, 가까스로 해결하면 안도했다. 아침에 눈을 뜨면 출근해야 한다는 두려움에 눈물이 날 정도였다. 그렇게 버티고 버티는 사이 업무에서는 인정받는 사람이 되어 있었다. 그러나 분명한 성과가 있는데도 불구하고 승진에서 누락되었다. 그게 바로 이른바 가족 같은 회사와의 결말이었다. 그렇게 짐을 싸서 낯선 곳으로 갔다.

만약 루이를 조금 더 일찍 만났다면 어땠을까. 재능의 벽 앞에 내 삶에서 내가 배제되었다고 느꼈던 때에 루이가 내 곁에 있었더라면, 어린 내가 인생에서 훨씬 더 용기를 낼 수 있었을까 하고 생각하기도 한다.

그건 은인과의 만남에 겸허히 감사하지 못하고 자꾸 욕심을 내는 마음 같은 것이다. 그랬다면 나는 이미 한시라도 빨리 지금의 내가 되어 살고 있을지도 모른다고. 적어도 '나 따위가' '나 같은 게' 같은 생각은 조금 덜 하며 하루를 보냈을 것이라 짐작해본다.

아무 조건 없이 자신을 좋아한다는 게 그토록 어려운 일이기도 하다. 가끔은 꼼짝할 수 없었던 정체기의 시간이 아깝기도 해서 몽상에 빠진다. 가까스로 나는 나의 세상과 화해했고 다정했던 사람에 대한 그리움으로 편지를 쓰곤 한다. 나 혼자만 벗어나려 발버둥친다고 되는 것은 분명 아니었다. 타인을 통해 얻은 내가 사랑받는 존재라는 깨달음이 열쇠가 되어주고 희열을 준다. 그 강렬함과 황홀이 지도에 좌표를 그려주기도 하는 것이다. 그래서 나 역시 타인을 더욱 고결히 대하게 되고. 그러므로 우리는 서로를 빛내주어야 한다고 생각한다. 그러면 내 안의 흙 속 깊숙이 있던 어떤 씨앗의 발아를 목도할 수 있을 것이다.

화해

이제부터 사소한 타인의 말 한마디에 내 안에서 스스로와
말다툼하지 않아.

163

내가 좋은 건지, 싫은 건지

뭔가 보는 중

히히히

총총총

내가 좋은 건지 싫은 건지

밥솥의 경고

여러 가지 마감이 몰린 때였다. 새벽 4시에 하던 일을 멈추고 잠이 들었다가 아침 10시쯤 깨서 겨우 물 한 모금 마시고 다시 정신없이 일하다 보니 낮 12시. 배가 너무 고팠다.

소분해서 냉동하려는 심산으로 평소보다 많은 4인분 정도의 밥을 했다. 매번 쌀을 씻고 밥하는 것조차 귀찮았기 때문이다. 미역국을 데워 갓 지은 밥과 함께 먹었다. 5분 정도의 짧은 식사였다. 그리고 다시 정신없이 작업을 하다가 저녁엔 컵라면을 먹었다.

다음 날 느지막이 일어나 주방에서 두유 한 컵을 마시고는 뒤돌아봤는데 묘한 광경이 눈에 들어왔다. 전기밥솥의 뚜껑이 열린 채였다. 마지막으로 밥솥 뚜껑을 열었던 건 어제 점심이었다. 그리고 뚜껑을 닫은 기억은 없다. 뚜껑을 닫지 않았기 때문이다.

뚜껑이 열린 채 하루가 지난 전기밥솥 속 밥은 돌처럼 딱딱하게 굳어 있었다. 21시간이 훌쩍 지나서야 '아 맞다 밥이 있었지' 했던 것이다. 소분해서 냉동하려던 것조차 까맣게 잊고 있었다. 악 소리도 못 내고 가만히 밥솥 앞에 서 있었다. 전기 코드가 계속 꽂혀 있었기에 아래쪽은 따뜻하고 위쪽은 바짝 말라버린 밥. 굳으면 이렇게 되는구나 하고 멍하니 바라보았다. 꽤 고가를 주고 산 밥솥에 원망도 치솟았다. 아니 뚜껑을 오래 열어두면 경고음 정도는 울려야 하는 거 아닌가? 냉장고 문은 잠깐 열어둬도 소리가 나는데 말이다.

나는 원망할 대상을 찾아 혼자 씩씩거리며 음식물 쓰레기 봉투에 밥덩이를 구겨 넣었다. 하필 제일 작은 1리터 봉투밖에 없었다. 그 많은 밥이 다 들어가지도 않아서, 물에 적셔서 나눠 넣는 것도 모자라 여러 장의 봉투를 써야만 했다.

잠시 소파에 누워 충격을 흘려보낼 시간을 가졌다. 내가 작업을 할 때도, 유튜브 동영상을 보며 태평하게 웃고 있을 때도, 씻고 잠을 자는 동안에도 어둠 속에서 뚜껑이 열린 채 있었을 밥솥을 생각했다. 밥이란 존재는 무척 예민하구나. 그곳엔 무심하게 지나쳐버린 삶에 대한 죄책감이 있었다. 밥은 내가 얼마나 일상을 지키고 있는지 보여주는 척도와도 같았다. 경고음 없는 밥솥엔 잘못이 없다.

모자

그날은 모자를 사기로 한 토요일이었다. 수많은 사람이 모여드는 약속 장소에 도착해서 숨은그림찾기 하듯 너의 얼굴을 발견하고 기뻐했다. 우리는 서로에게 어울리는 모자를 찾아주러 탐험하듯 다녔다. 이 세상의 모든 모자를 써볼 기세로 가게를 돌아다니며 머리 위에 여러 형태의 모자를 얹어보았다. 모직 페도라의 단단한 챙을 손바닥으로 감싸쥘 때 느껴지는 무게감이 좋았다. 밀짚으로 만든 파나마햇은 모자에 두른 띠의 색과 굵기에 따라 다른 감수성을 주었다. 밀짚 모자를 보고 있으면 해변에서 조개를 줍다가 바람에 모자가 날아가는 환영을 반드시 떠올리게 된다. 나뭇잎 사이사이로 불어오는 풀 냄새와 해가 쨍쨍한 날의 짙은 그림자가 스쳐지나간다. 양모로 짠 비니를 쓰고 머리카락을 귀 뒤로 넘긴 모습은 어색했다. 평소답지 않게 활기 있는 모습에 공기마저 새로워지는 느낌이었다. 거울 앞에서 우리는 약간 주춤거리기도 하다 안심하듯 편안해지기도 하고 기뻐하기도 하며 여러 가지 얼굴이 되었다. 어쩌면 나는 가장 익숙한 모자를 고를지도 모르겠다. 베레모가 꽤 잘 어울렸지만 왜인지 사고 싶은 마음은 들지 않았다. 마지막으로 쓴 모자를 내려놓고 배가 고파져서 베트남 식당에 가서 쌀국수를 먹었다. 어느새 하늘이 저물어 녹아내린 아이스크림처럼 구름과 밤이 섞였다. 그리고 그날은 결국 아무도 모자를 사지 않았다.

소리 산책

지금도 길을 걷다가 한 번씩 눈을 감고 멈춰 설 때가 있다. 지금 있는 곳의 소리를 잘 듣기 위해서다. 특정한 자연 공간에서 형성되어 존재하는 환경 소음을 오디오 용어로 '엠비언스(Ambiance)'라고 한다. 예를 들어 내가 어느가을 누하동의 한적한 거리를 걷고 있었다 치자. 차 지나가는 소리, 잔잔히 걷는 사람들의 발걸음에 나뭇잎이 지분거리는 소리, 조근조근한 말소리 등 그 공간을 이루는모든 소리가 만든 특정한 소음이 누하동 풍경의 환경음이다. 만약 내가 있는 곳이 숲속이라면 풍성한 바람 소리와새의 지저귐, 풀벌레 우는 소리, 무수히 많은 나뭇가지가흔들리는 소리가 동시에 엠비언스를 이루고 있을 것이다.이런 청각적인 공간감은 사람의 마음을 편안하게 하고 불면의 밤에 잠드는 데 도움을 주기도 한다.

영상에서 청각적인 요소는 공간에 입체성을 부여하고 장
면을 강조하거나 부연해주는 등 중요한 역할을 한다. 내
졸업 작품 애니메이션에는 배경으로 바다가 8할 정도 등
장했다. 실제 자연의 소리를 채집해 넣어 풍부한 공간감
을 만들고 싶어서 학교 장비를 대여해 바다 소리를 따러
강릉에 갔다. 그때 내가 강원도까지 들고 간 장비는 영화
〈봄날의 간다〉에서 유지태가 사용하던 녹음 장비와 비슷
한 것들이었다. 막대처럼 생긴 콘덴서 마이크에 윈드 실
드라고 하는 털옷을 입히는데, 윈드 실드는 바람이 마이
크와 마찰하면서 나는 잡음을 방지해줘서 야외 녹음 때
꼭 필요한 존재다.

긴 스탠드 봉에 털옷을 입힌 마이크를 설치한 후 바다를
향해 가만히 들고 서 있으면 마이크를 통해 들어온 선명
한 소리가 헤드셋을 거쳐 디지털 녹음기에 녹음되는 동
시에 내 귓속으로 흘러들어왔다. 헤드셋을 쓰고 눈을 감
고 있으면 세상의 모든 것이 사라지고 바다만 있는 듯한
착각을 주었다. 마이크를 먼바다를 향해 들기도 하고 발
치에 밀려와 부서지는 파도에 가까이 대기도 하며 녹음
을 했다. 먼 소리와 가까운 소리를 그림에 적절하게 맞춰
넣기 위해서였다.

아침과 오후, 밤으로 나눠서 녹음해보기도 하며 이틀 내내 바다 옆을 서성이며 걷고 또 걸었다. 분명 바다의 소리는 시간의 틈으로 들어온 소금의 짠 내음과, 눈이 시리게 시원한 푸른 빛의 무게를 다르게 가지고 있었다. 무거운 장비를 먼 곳까지 들고 가느라 고생스러웠지만, 그 덕분에 내 그림 속 바다는 아주 입체적이게 되었다.

채집해온 바다 소리를 틀어놓고 침대에 누워 있으면 내 몸이 바닷가로 옮겨져 기차를 타지 않고도 여행을 떠날 수 있었다. 그 시기의 나에게 베개와 이불이 되어주었던 파도 소리를 아직 기억하고 있다. 머릿속의 말들이 서서히 줄어들도록 나를 안아주는 최면이었으니 말이다.

덧붙이자면 그 작품에 들어간 소리는 대부분 직접 만들었다. 예를 들어 옷깃이 스치는 소리나 조개껍데기들이 부딪혀 잘그락거리는 소리 같은 것들을 녹음 스튜디오에서 만들어냈다. 전문 용어로 이것을 폴리(Foley)라고 한다. 그때는 사운드를 디자인하는 과정에 재미를 느껴 꽤 진심으로 소리를 얻고 만들고 하는 일에 푹 빠져들었다. 미술관의 넓은 실내에서 벽에만 그림이 걸려 있고 가운데는 텅 비어 있을 때 맴도는 공허한 공간음, 반대로 물건으로 꽉 찬 누군가의 아파트 거실에 앉아 있을 때 들리는 시계의 째깍거리는 소리, 바깥 놀이터에서 생긴 온갖 소리가 집 안으로 들어오는 그 느낌을 대조하며 즐거워했다. 사운드를 알고 나니 보이지 않는 세상의 귀가 열린 것 같았다.

작업할 때 어떤 음악을 듣는지 질문을 받은 적이 있는데, 많은 음악을 듣지만 사실 결국 빙빙 돌아 도착하는 곳은 '환경음'이라고 대답했었다. 정말 집중해서 작업해야 할 때 음악이 아닌 엠비언스를 들으면 진득하고 깊은 공간감으로 내가 빠져들어 아주 세밀한 무의식 영역에 도달하는 듯한 집중력을 발휘하게 된다. 깊은 바다에 끝없이 잠수할 때 숨을 참는 것 같은, 무중력 상태인 듯한 그런 느낌. 소리는 나에게 여전히 항상 영원 같은 찰나를 준다.

항상 내가 깨부숴야 하는 벽은 '나'.

목련

A를 만나 미술관에 갔다. 미술관 건물 아래 아담한 정원에 벚나무와 목련이 있었다. 사람들은 정원 벤치에 앉아 조금 흐린 날씨인데도 외출을 만끽하는 듯 상기된 얼굴이었다. 목련 꽃잎이 흰 손수건들을 던져놓은 것처럼 땅에 떨어져 있었다. 불현듯 같은 장소에 온 적이 있었다는 생각이 스쳤다. 왜 기억하지 못했을까. 나는 과거의 그날에 무심했다. 무엇이 그리도 바빴는지 마음에 목련이 졌는지도 모르고 있었다.

어떨 때 나는 행복하다 느낀다. 어떨 때 나는 누군가가 나를 도와줄 수도 있고, 내가 누군가를 도와줄 수도 있으리라 생각한다. 나는 매일매일 소녀가 되었다. 할머니가 되었다 하는 것이다. 그러다 문득 인생의 테두리에서 멀찌감치 나를 보게 된다. 내가 나를 도와줄 수 있을까. 그때 "사진 찍어줄게요" 하는 목소리가 들렸다. 그 목소리는 불현듯 찾아온 생각들에 묶여 움직이지 못하는 나를 다시 현실로 돌아오게 해주었다.

A는 미술품 하나하나를 요목조목 아름답다 말했다. 이 미술관이 어떤 역사적 가치를 가졌는지, 계단의 모양이 얼마나 우아한지, 사각형 프레임의 창문으로 쏟아진 해가 실내의 나무 바닥에 퍼지며 만든 빛의 모양을 묘사했다. A의 이야기를 듣고 있으니 홀로 생각하던 것들이 모두 무상하다 느껴졌다. 지나온 것들은 부유하는 허상일 뿐이다. 그보다는 곁에 있는 이의 다정한 수다에 마음이 여울졌다. 허리를 꼿꼿하게 펴고 자세를 바르게 했다. 세심한 오늘로 이전의 무심한 모습이 덮인다. 그러자 나에게 표정이 생겼다.

미술관을 관람하고 다시 밖으로 나와 정원 벤치에 앉아 투명한 플라스틱 통에 담아온 청포도를 먹었다. A는 여행에서 가져온 빵을 내게 건넸고 나는 책 한 권을 건넸다. 날씨가 맑지 않아도 괜찮았다.

감자칩

폴짝

안돼

냐앙

유일하게 탐내는 사람 음식이
감자칩 과자다.

184

그날밤

부스럭 부스럭

투다다닥

까암짝

빈 봉지를 핥다가 머리가
빠져나오지 못했던 거다.

그 뒤로는 철저.

가짜 시계

집 벽에는 내가 그린 가짜 시계가 걸려 있다. 그다지 입체감도 느껴지지 않는 것으로, 동그란 원 안에 분침과 초침을 적당히 그려넣고 단출하게 검정 테두리를 따라 오린 게 전부이다. 언젠가 여름 기획 전시에서 소품으로 만든 것인데 전시가 끝나고 집으로 가져와 별생각 없이 벽에 붙여둔 게 지금까지 이어졌다.

그런데 집에 오는 손님마다 그 시계를 진짜로 착각했다. "어머 벌써 시간이!" 하고 갑자기 허둥지둥 당황하며 그림 속 시간을 실제 시간인 줄로 알거나, 대화를 하다가 그림 시계를 빤히 보며 "저 시계 맞는 거야?" 하고 갸우뚱하는 등 각양각색의 반응을 보이는 것이다. 나도 그게 재미있어져서 나중엔 눈에 더 잘 띄는 쪽으로 시계를 옮겨 걸어두었다. 심지어 저거 그림이야 하고 알려줬는데도 그다음에 와서 또 속는 사람도 있다.

저 시계가 오후 2시 20분을 가리키고 있으면 그 공간은 진짜와 상관없이 2시 20분이 된다. 사실은 오후 1시이거나 오후 4시라 하더라도 2시 20분이 되는 것이다. 신기하게도 그렇게 믿어지는 것이다.

사실은 예전부터 갖고 싶은 빈티지 벽시계가 항상 마음속 위시리스트에 있었다. 그런데 가짜 시계가 생기고부터 내가 더이상 그 빈티지 시계를 갖고 싶어하지 않는다는 것을 알았다. 빈티지 시계는 예쁠 테지만, 벽에 걸린 내 그림 시계는 나와 우리집에 놀러 온 사람들에게 깜짝 즐거움을 선물해주니까. 그래서 나는 가짜 시계를 선택하기로 했다.

푸른색 셔츠를 입고
이제 세상을 본 것처럼
아침의 일기를 쓴다.

어제가 오늘이 되었을 뿐

소파에서 배를 보이고 램수면에 빠진 한 마리의 고양이가 있다. 고양이는 하루에 14~16시간을 자는데, 매일매일 그렇게 자는 게 물리지도 않은지 잘 때마다 단잠을 자고 깨어나서도 무척 개운하고 시원하게 기지개를 켠다. 졸리면 자고, 배가 고프면 먹고, 놀고 싶으면 놀면서 보내는 집 안에서의 하루는 너무나 만족스러운 생이다. 자신의 영역만 제대로 지켜진다면 크게 스트레스를 받는 일도 없다. 고양이의 뇌에는 신피질이 없기에 과거와 미래에 대한 개념이 없어 오직 현재만을 살기 때문이다. 그래서 지금의 욕구를 충실히 해결하며 오롯이 오늘에 집중해 사는 고양이는 평생 집 안에서 지내도 괜찮다고 한다.

내가 뮤뮤를 보면 버릇처럼 부럽다고 말했던 이유를 찾았다. 반대로 생각해보면 인간은 현재를 있는 그대로 살아가지 못해서, 그러니까 신피질 때문에 생이 괴로운 것이다. 오죽하면 드라마 〈이번 생은 처음이라〉에서는 '신피질의 재앙'이라는 말도 나온다. 왜 인간은 어제와 오늘을 구분할 수 있게 되었을까. 심지어 신피질은 인간의 진화에서 가장 최근의 것이라 하니 재앙이라는 말이 정말 적절하다.

신피질은 인간의 진화 때문에 생겨난 하나의 장치이다. 그렇지만 오늘이 마음에 들지 않더라도 과거나 미래에 기대어 조금은 희망을 품어보기도 하니 신피질을 미워하기만 할 수도 없는 노릇이다. 어떤 과거는 아무렇지 않게 잘 살고 있는 나의 오늘에 돌을 던지듯 튀어 올라 방해하기도 한다. 어떤 과거는 지금의 내가 계속해나갈 수 있도록 도움을 주기도 한다. 밤과 밤사이를 나눠 하루를 규정하고, 그 때문에 과거와 미래가 생긴다. 인간은 그저 묵묵히 살아가는 것만으로 삶의 숭고함을 느끼기에는 마음의 번뇌를 떨칠 수 없는 불필요하게 복잡한 존재 같다. 과연 진화는 좋을 것일까.

"오늘도 무사하기를."
나는 친구들과 서로의 안부를 주고받으며 하루를 시작한다.

우리집

오늘 만들었던 추억을 접어 서랍에 넣습니다. 조우했던 순간들을 베개 위에서 다시 돌이켜봅니다. 밖에서 받았던 상처도 집 안에서 따뜻한 저녁을 맞이하며 자연스레 잊어버리기를. 한나절 나를 기다리며 부지런히 말라갔을 빨래를 개며 섬유유연제의 향기에 얼굴을 묻고 평화를 느낍니다. 이불 안에서 불현듯 고독이 찾아오기도 하지만, 그래도 이 또한 계절과 함께 스쳐가리라 생각합니다. 집이 가진 치유의 능력을 그 어느 때보다도 믿게 하는 날들입니다. 나는 오늘도 나의 집에서 나의 고양이와 함께 삶에서 발견했던 이름 모를 정서들을 수집하고 기록합니다.

195

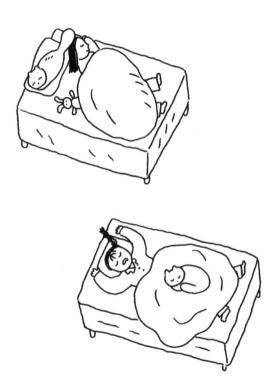

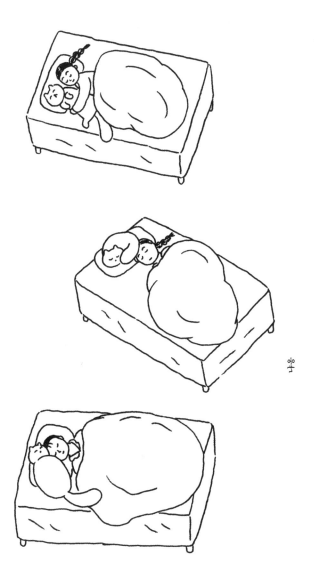

아침이야, 하고 베란다 문을 열면 나의 고양이는 가뿐하게
스툴 위로 올라가 창밖을 내다봅니다. 작은 베란다일 뿐이지만
우리에겐 사랑의 수다가 이슬을 맞고 속닥거리는 달짝지근한
정원입니다. 그곳에는 내가 닮고 싶은 녹색이 있고, 뮤뮤가
좋아하는 참새와 거리의 사람들이 내려다보입니다.
우리가 함께 집을 갖게 되자 나의 한때가 햇빛에 벗겨지고
새로운 옷을 입었습니다. 그 옷은 나를 가두지 않고 다만
싱싱한 이끼처럼 어깨에 손을 둘렀습니다. 사랑의 무게를
느끼고 어루만지고 향기를 맡을 때 우린 세상의 권위나 시간,
그 어떤 값어치들로부터 방해받지 못합니다.

우리집에 와줘서 고마웠어요.
평화의 출발선에서 우리 다시 만나요.

안녕! 뮤뮤

Editor's letter

고양이(로 추정되는 미지의 동물)을 심벌 마크로 삼고 있는 자기만의 방이기에, 예쁘고 귀여운 고양이들과 함께하는 책을 꼭 만들고 싶었는데 드디어 소원을 이뤘습니다. 애숭 작가님의 새로운 시선으로 그려진 미발표 일러스트 186컷이 페이지마다 가득한 책이라니요! 널리널리 자랑하고 싶습니다! **민**

곁에서 지켜본 애숭 작가님은 꿀벌 같았습니다. 늘 바지런히 글을 쓰고 그림을 그리셨어요. 이 책에는 오늘도 여전히 그림연습을 하고, 매일을 쌓아나가는 애숭 작가님이 1년간 모은 꿀이 담겨 있습니다. 우리에게 달콤한 꿀이 부단한 움직임으로 만들어졌다는 것을 새삼 깨달았습니다. **희**

누군가와 생활을 나눈다는 것은 어떤 의미일까요? 저는 아직은 잘 모르겠지만 작가님의 글을 읽다 보면 어쩐지 이런 소리가 들려와요. 고롱고롱, 야옹야옹… 그리고 옆구리에 따스함이 느껴집니다. 작은 존재가 옆에 와 있는 기분입니다. 인간과 고양이, 완전히 다른 두 생물이 어떤 대가도 없이 서로의 곁에 머물러주는 것. 어쩌면 이건 작은 기적이 아닐까요? **현**

처음 원고를 읽을 땐, '나만 없어 고양이.. 쉬익쉬익' 모드였으나, 다 읽고 나니 '오, 위대하신 애숭 집사님이시여..'로 마음가짐이 바뀌어 있었습니다. 식물이든 동물이든 사람이든, 함께 살아간다는 건 참 많은 책임과 용기가 필요한 것 같아요. 오늘도 서로 곁을 내어주고 있을 고양이와 집사님들 리스펙합니다. 여러분의 슬기롭고 즐거운 고양이 생활을 응원해요. **령**

고양이 생활

1판 1쇄 발행일 2021년 6월 29일

지은이 애숭
발행인 김학원
발행처 (주)휴머니스트출판그룹
출판등록 제313-2007-000007호(2007년 1월 5일)
주소 (03991) 서울시 마포구 동교로23길 76(연남동)
전화 02-335-4422   **팩스** 02-334-3427
저자 · 독자 서비스 humanist@humanistbooks.com
홈페이지 www.humanistbooks.com
시리즈 홈페이지 blog.naver.com/jabang2017
디자인 스튜디오 고민   **용지** 화인페이퍼   **인쇄** 삼조인쇄   **제본** 정민문화사

자기만의 방은 (주)휴머니스트출판그룹의 지식실용 브랜드입니다.

ⓒ 애숭, 2021
ISBN 979-11-6080-661-8 03810

• 이 책은 저작권법에 따라 보호를 받는 저작물이므로 무단 전재와 무단 복제를 금합니다.
• 이 책의 전부 또는 일부를 이용하려면 반드시 저자와 (주)휴머니스트출판그룹의 동의를 받아야 합니다.